流沙河

诗歌理论研究

卢笑歌 ◎ 著

四川大学出版社

图书在版编目（CIP）数据

流沙河诗歌理论研究 / 卢笑歌著 . -- 成都：四川大学出版社，2024. 7. -- ISBN 978-7-5690-7043-9

Ⅰ . I207.2

中国国家版本馆 CIP 数据核字第 2024KL5643 号

书　　名：流沙河诗歌理论研究

Liushahe Shige Lilun Yanjiu

著　　者：卢笑歌

选题策划：梁　平　李　梅　孙滨蓉
责任编辑：陈克坚
责任校对：杨　果
装帧设计：裴菊红
责任印制：王　炜

出版发行：四川大学出版社有限责任公司
　　　　　地址：成都市一环路南一段 24 号（610065）
　　　　　电话：（028）85408311（发行部）、85400276（总编室）
　　　　　电子邮箱：scupress@vip.163.com
　　　　　网址：https://press.scu.edu.cn
印前制作：四川胜翔数码印务设计有限公司
印刷装订：成都市川侨印务有限公司

成品尺寸：148mm×210mm
印　　张：4.25
字　　数：120 千字
版　　次：2024 年 8 月 第 1 版
印　　次：2024 年 8 月 第 1 次印刷
定　　价：35.00 元

本社图书如有印装质量问题，请联系发行部调换

版权所有 ◆ 侵权必究

扫码获取数字资源

四川大学出版社
微信公众号

前　言

　　长期以来，流沙河在中国当代文学史上都以诗人身份闻名，他作为诗歌理论家的另一重身份则是被遮蔽的，然而不可忽视的是他的诗歌理论已经形成了比较完备的体系，值得我们加以重视和关注。他的诗歌理论著作大部分成书于20世纪80年代，如《十二象》《写诗十二课》《台湾诗人十二家》《隔海说诗》等，内容包括诗学原理、诗歌创作论、诗歌鉴赏与批评论三大板块，在诗坛产生了很大影响。

　　本书主要运用文本分析和比较研究的方法，将流沙河的诗歌理论置于20世纪80年代诗歌重建的背景下，主要从流沙河的诗歌理论内容、诗歌理论与诗歌创作比较、诗歌理论的得与失这三大方面进行了研究，对其理论和作品进行了细致阅读和评析，并分析了其理论建树与局限，在此基础上提出了个人的一些批评意见，对前人已拥有的研究成果进行了一些拓展。

　　绪论部分首先明确了流沙河作为诗人和诗论家的双重身份，指出了他在诗歌理论方面的建树，对他的诗论作品进行了简单介绍，并指出它们在文学史上的地位和意义。其次总结了学界对流沙河诗歌理论的薄弱研究现状，从而引出了本研究的思路、目的和意义。

　　前三章通过对流沙河诗歌理论的主要内容和特点的分析，试图对其诗歌理论做出较为客观全面的介绍。第一章提炼了流沙河有关诗学原理的重要观点，并进行了阐释和批评。其诗学原理论重点研究了诗歌的本质、意象、想象等诗学的基本问题，回应了当时诗歌重建的议题。对古典文论的熟悉和重视，使他将研究触角深入传统文学中，注重发掘传统文论的价值和意义，而不是盲目推崇西方意象派、象征诗派。不过，过于重视传统也在一定程度上导致他对外来诗歌艺术尤其是现代派诗歌艺术的轻视。第二章对流沙河创作论的主要观点进行了评析。其诗歌创作论以老师的口吻向学诗者细致讲述了他的诗歌创作的方法，基本把握了写作过程的各个阶段，对初学写作者颇具指导意义，满足了他们当时的需求。他常以一般诗歌写作经验和自己的创作体会为基础，大胆揣测他人的诗歌创作过程，既带有创作上的指导意义，也带有批评鉴赏性质。第三章主要分析了流沙河对台湾地区诗歌的介绍、误读及原因。其对台湾地区诗歌的误读主要表现在诗歌思想内容、诗人人生观、诗歌价值等方面。造成误读的原因，客观方面源于诗歌文本的特殊性、时代及地域的囿限；主观方面，则应归结于流沙河社会主义现实主义的批评标准。虽然流沙河对台湾地区现代派诗歌持有偏见，对其诗歌也有误读，但本着学习诗艺的态度，他对许多诗歌作品的诗艺、内容等分析非常精到，这些分析对两岸的诗艺交流影响颇深，在当时也具有开拓创新的意义。

第四章重点分析了流沙河诗歌与诗论的相似和背离之处，认为他在诗论上所体现的艺术敏感力高于诗歌写作实践。流沙河的诗歌理论和诗歌作品都体现出现实主义与幽默两大特色。但二者也存在较大背离，与诗论重视想象、强调营造意象、注重诗意断层相比，他的诗歌在这些方面略显薄弱，呈现出概念化、散文化等特征。

第五章对流沙河的诗歌理论进行了整体评价，认为在诗歌重建的背景下，流沙河的相关理论对普及诗歌知识起到了相当重要的作用。20世纪70年代末80年代初，伴随着社会环境的变化，诗歌也逐步复兴，这催生了一股诗歌理论热，流沙河的相关著述就诞生于这股潮流之中。在诗歌转型的时代背景下，流沙河主要坚守传统的诗学观念，但是对中国台湾地区诗歌的阅读促使他吸取了一些新的诗歌艺术技巧，在自我更新的同时引进了新的风气；并且，他的诗歌创作论通俗易懂，为庞大的诗歌习作者群体提供了写作指导，满足了当时的社会需求。但在个人与时代的双重作用下，这些理论也具有无法避免的片面性和保守性，因而使现代性遭到削减。尽管他的诗歌理论存在一些不足，我们却无法否认其在20世纪80年代诗歌重建过程中所发挥的重要作用。

目 录

绪 论 …………………………………………………… 1

第一章　流沙河对诗学原理的独到认识与言说………… 8
　第一节　诗之本质——三柱论 ……………………… 12
　第二节　诗之表现手法——意象 …………………… 16
　第三节　意象的动力——想象 ……………………… 30

第二章　流沙河的诗歌创作论 ………………………… 41
　第一节　显于心——诗歌的生发过程 ……………… 42
　第二节　成于纸——诗歌的结构安排 ……………… 47
　第三节　诗画关系 …………………………………… 55
　第四节　真、善、新的诗歌创作追求 ……………… 58

第三章　流沙河的诗歌鉴赏与批评论 ………………… 66
　第一节　对台湾地区诗歌的介绍与贡献 …………… 66
　第二节　对台湾地区诗歌的误读及原因 …………… 82

第四章　流沙河诗歌写作与理论比较 ………………… 94
　第一节　现实主义、幽默：诗学理念与叙述风格的统一
　　　　　…………………………………………………… 94
　第二节　灵想、意象、语言：主张的背离 ………… 99

第五章 诗歌重建中理论探索的得与失……104
  第一节 普及诗歌知识，助力诗歌重建……108
  第二节 博学与严谨造就的深入与独特……109
  第三节 时代与个人囿限下的不足……113

附录 流沙河部分诗歌理论的初刊本……117
参考文献……120
后　记……127

绪　论

　　流沙河原名余勋坦，是当代著名的诗人、理论家，他的命运与中国当代大多数知识分子相似，经历了反右、"文化大革命"这 20 年左右的风波。1956 年 10 月，在"双百"方针的鼓舞下，流沙河写作了《草木篇》，以白杨、藤、仙人掌、梅、毒菌五种植物为喻，讽刺了一些社会现象。例如《藤》："他纠缠着丁香，往上爬，爬，爬……终于把花挂上树梢。丁香被缠死了，砍作柴烧了。他倒在地上，喘着气，窥视着另一株树……"① 又如《毒菌》："在阳光照不到的河岸，他出现了。白天，用美丽的彩衣，黑夜，用暗绿的磷火，诱惑人类。然而，连三岁孩子也不去理睬他。因为，妈妈说过，那是毒蛇吐的唾液……"② 后来，流沙河在回忆写这些诗的初衷时说道："这一组小诗内，我就考虑到，革命者的人格问题，革命者不能够光是一个螺丝钉，光是听话，革命者只要是正确的东西还要坚持。毛主席就那样说的嘛，你不要怕一切嘛，是真理就要坚持下去嘛。我又看到一些人阿谀逢迎就爬上去了，觉得这个党不应该去溺爱这样的人嘛。小人攀附到党，把这个党像藤缠树一样要把你缠死，你不能容许他们这样嘛。因此在诗中间就牵扯到了这些。"③ 1957 年 1 月，这组诗被发表在《星星》诗歌月刊创刊号上。1957 年 3 月 8 日，在中国

---

① 流沙河：《流沙河诗集》，上海文艺出版社，1982 年，第 100 页。
② 流沙河：《流沙河诗集》，上海文艺出版社，1982 年，第 101 页。
③ 何三畏：《"如果不写这个，我后来还是要当右派"——流沙河口述"草木篇诗案"》，《看历史》2010 年第 6 期，第 109 页。

共产党全国宣传工作会议上,毛泽东亲自点名《草木篇》:"出一些《草木篇》,就那样惊慌?你说《诗经》、《楚辞》是不是也有草木篇?……不要因为有些《草木篇》,有些牛鬼蛇神,就害怕得不得了!"[①]

"文化大革命"结束后,流沙河"复出"并继续参与创作,他的组诗《故园六咏》获1979—1980年全国中青年诗人优秀诗歌奖,《流沙河诗集》获中国作家协会第一届全国优秀新诗(诗集)二等奖,由此他的诗名益增。但在耀眼的诗歌成就下,却鲜有人注意到他的诗歌理论成就,这不能不令人感到遗憾。流沙河于20世纪80年代先后写了《隔海说诗》《十二象》《写诗十二课》等诗歌理论作品,这几本书于1995年结集为《流沙河诗话》出版。在此集之外,他还有《台湾诗人十二家》《台湾中年诗人十二家》《隔海随笔》《余光中一百首》等诗歌评论著作,在这些评论中时时可见他对一些诗歌的精彩评点。总的来说,他在诗论方面是非常有建树的,但现有研究成果侧重于对流沙河诗歌创作特色进行分析,对其诗论的论述则明显薄弱,因此有必要对其诗论进行更为全面的研究。

通常意义上讲,文学批评主要是针对具体作品的研究,而文学理论则是针对文学原理、范畴与判断标准的研究。不过根据韦勒克的研究,文学批评、文学理论、文学史这三个术语是互相包容的:"文学理论不包括文学批评或文学史,文学批评中没有文学理论和文学史,这些都是难以想象的。"[②] 因此,本书在广义的层面上使用诗歌理论这一术语,将流沙河有关诗学原理、诗歌批评的作品都纳入研究视野。

[①] 毛泽东,《同文艺界代表的谈话》,载自中共中央文献研究室编:《毛泽东文集(第七卷)》,人民出版社,1999年,第258页。
[②] 韦勒克、沃伦:《文学理论》,刘向愚、刑培明、陈圣生、李哲明译,生活·读书·新知三联书店,1984年,第32页。

绪　论

流沙河关于诗歌理论的研究主要包括三个方面：诗学原理、诗歌写作、诗歌评论。他在这些方面的著述多达 70 万字。在《十二象》《三柱论》中他重点阐述了自己对诗歌本质、意象、想象等重要概念的理解。然而目前，学界对流沙河相关论述的研究较少，尚未充分挖掘这些理论的意义，只有零星研究注意到了"灵视"这个概念。袁明光 1987 年在《学术论坛》上发表的《论诗歌的灵视》对"灵视"进行了具体探讨。在流沙河的理解中，"灵视"即是想象。袁明光的理解与此类似，但是他的研究并不局限于流沙河的概念，而是引用古今中外理论家对"灵视"的理解，重新总结了其内涵："灵视是一种特殊视觉，是创作构思过程中的心理机制，是诗人显现意象的能力。"[①] 此外，他还分析了灵视的特性和灵视的分类。他认为，灵视在诗歌创作中是极其重要的，灵视应参与诗歌的整个构思过程。他的研究细致入微地呈现了"灵视"这一术语的意义，对流沙河的"灵视"来说是一种拓展，但是他研究的重点并不在于评述流沙河，因此不能为我们呈现流沙河诗歌理论的意义与贡献。

《诗中有画》主要表现的是流沙河对古典诗歌中诗与画关系的认识，其中也涉及对西方意象派的评价。《写诗十二课》主要呈现的是流沙河根据自己的写作经验对诗歌写作过程进行的详细论述，其中对初学写诗者提出了许多具体指导意见。目前研究流沙河创作理论的仅古远清一人，他在《读流沙河的诗论》这篇文章中指出流沙河的《写诗十二课》语言亲切，可读性强，书院气少；他认为流沙河结合自己的创作体会将创作技巧形象地道出，条条框框少，很能启迪心智。同时，他认为这本书的不足之处是

[①] 袁明光：《论诗歌的灵视》，《学术论坛》1987 年第 6 期，第 41 页。

"虽中肯略欠深刻,虽鲜明而不够集中","有些论断过于绝对"①等。古远清的这些评价比较中肯,把流沙河创作论的主要特点展现了出来,不过他的评论非常短,对上述理论的具体内容还缺乏细致而深入的探讨。

《隔海说诗》是流沙河应中国香港《天天日报》副刊刘济昆之邀,为促进海峡两岸诗艺交流而写的评论文章。作为诗人,流沙河本来不想跨行写评论,只想借鉴中国台湾诗歌之长并为己所用,但无心插柳柳成荫,从1982年开始,流沙河相继写了14篇评论连载于《文谭》上,这在海峡两岸引起了巨大反响。虽然流沙河只选择了少数诗人的代表作品进行分析,但却在赏析中处处透露出他对诗歌的人称使用、韵律、节奏等诗艺的细腻体会。古远清称流沙河的评论虽然短小却有"不少地方触到了原作独具的神韵"②。

《台湾诗人十二家》是流沙河于1982年在《星星》诗歌月刊上连载的文章,后于1983年结集出版。与他的《隔海说诗》相比,这本书介绍诗人的篇幅较多,对诗艺的探讨较为薄弱。而且由于在谈到诗人的时候,流沙河习惯用对抗性的眼光来评价得失,因此略显保守与片面。当流沙河的《台湾诗人十二家》出版后,台湾地区曾有诗人撰文"明告"他,说此书实际上批评比分析多,诙谐比肯定多。流沙河撰文回应承认这个批评有些道理,但也提出自己的《隔海说诗》分析多于批判,肯定多于否定。从他们的争论和批评中可以看出,流沙河的两本诗论有着不同的特点和侧重,这暗示着他诗学观念的细微变化。《台湾中年诗人十二家》是流沙河于1986年编著的集子,这本书的写作方式和前

---

① 古远清:《读流沙河的诗论》,《大理师专学报(社会科学版)》1985年第Z1期,第49页。
② 古远清:《成绩与问题:大陆的台湾新诗研究》,《当代文坛》1993年第5期,第12页。

两本有所不同。它中规中矩地在每篇开头将诗人稍作介绍,同时对其艺术主张作一定的阐释,接着分析诗人的几篇代表作品,既有赞扬也有批评。可能是由于时代变得更为开放,该书的意识形态痕迹存留明显变少,态度也更为客观。在台湾地区的诗人中,流沙河比较偏爱余光中,《余光中一百首》是他专门介绍余光中的著作。这本书的出版时间稍晚(1988年),书中选取了余光中自1949—1986年的一百首诗歌,并在每首后附短文评析,虽然算不上鸿篇巨制,却都是有会于心的点评。

流沙河虽然以诗人著称,但是他却说"写诗我也落伍,越看越丑"[①],并总称自己诗歌写得不好,让别人不要叫他诗人,这些虽是自谦之词,客观而言却也有一定的道理。流沙河的一些诗歌感情过分外露,缺乏言外之意,内蕴较浅,题材稍显单一,还有一些诗歌存在理念化的毛病。这些都是他在诗论中强调要摒弃的缺点,可他自己并未完全做到。其理论与实际创作的脱节,值得我们深究。不过,流沙河的诗歌理论与诗歌创作之间也存在一些共同特色,如现实主义的诗学观念、幽默的行文风格等。这些特点的形成与流沙河的教育及成长经历、生活环境、性格特征等密切相关。

流沙河诗论的局限性主要表现在对台湾地区诗歌的误读、对现实主义的过度推崇等,这既有时代制约的因素,也与个人审美、价值取向相关。认清其诗论的得与失,才能客观评价他的成绩,更好地认识他诗歌理论的贡献与意义。

当下,祖国大陆学界对流沙河诗论的研究成果较少,从内容上看,主要集中在两个方面:一是流沙河诗歌理论本身,主要集中于他对台湾地区诗歌的批评;二是流沙河的治学态度,主要是赞扬他在理论探讨中表现出的学者风度与精神。

---

① 流沙河:《余光中一百首》,四川文艺出版社,1988年,《编者说明》,第3页。

在诗歌理论研究方面,学者们侧重于对流沙河诗歌批评进行研究,对其诗学原理和创作原理进行研究的论文较少。涉及诗学原理和创作论研究的论文只有前面提到过的袁明光的《论诗歌的灵视》、古远清的《读流沙河的诗论》。在诗歌批评的研究上,学者们的关注点主要在《隔海说诗》《台湾诗人十二家》上,其余作品只是稍有涉及或根本没有涉及,因此流沙河诗歌理论研究尚有较大的开拓空间。目前仅有的一些成果大多肯定了流沙河对台湾地区诗歌诗艺的鉴赏意义,认为这在长期以来忽视艺术自身特性的当代新诗研究中具有重要作用。整体而言,这些成果并不尽如人意。古远清的专著《中国当代诗论50家》虽然涉及流沙河诗论,但与前述论文内容基本没什么差别,概括性质明显,深入分析不多。徐民和发表在《瞭望周刊》的文章《流沙河隔海谈诗》,意识到了流沙河对台湾地区现代诗的关注与"朦胧诗"论争这一背景以及诗歌未来发展的前途密切相关,颇有洞见。不过,他的文章大部分内容都是介绍流沙河接触台湾地区诗歌的始末,并未对流沙河的观点作深入的评析。黄集伟的《〈隔海说诗〉漫想》指出"像《隔海说诗》这样认真细致、脚踏实地地对于新诗创作中的'形式美'问题进行探讨的还并不算多"①,从"形式美"长期遭受压抑的严峻现实出发肯定了流沙河的研究价值。不过,与前述研究问题相似,他只是漫谈了一些感想,对流沙河理论的评价很少。此外,整体来看,大部分学者尚未客观分析流沙河诗论的不足,只有古远清曾指出流沙河诗论的一些缺点,如对那些读不懂的诗歌,有郢书燕说之嫌;诗论带有"文化大革命"时代的保守和拘谨等。不过这些都是简单提及,并没有深入论述,继续发掘的空间还很大。

还有学者关注到了流沙河在诗歌理论中表现出来的治学态

---

① 黄集伟:《〈隔海说诗〉漫想》,《读书》1986年第5期,第102页。

度。季元龙在《有感于"我读不懂"》一文中,赞扬了流沙河在批评痖弦诗歌时的"老老实实的态度"①——读不懂就直接明说的态度,并向大家推荐。无独有偶,徐民和由《隔海说诗》这个书名联想到"隔靴搔痒"一词,指出书名本身"暗含着自谦之意"②,显示了流沙河的谨慎态度。黄集伟则提倡艺术评论工作者向流沙河学习,因为流沙河力求认真严肃地思考,实事求是地分析。是褒是贬是赏是析是断言是阙疑,无不出于宽大的气度和科学的精神。他以为,"这种使《隔海说诗》独具魅力的气度和精神,不仅应该成为新诗研究者,而且应该成为一切文学艺术评论工作者所必备的气度和精神"③。总体来看,学者们赞扬了流沙河的严谨、谦虚、宽容、坦诚等治学态度,不过严格来说,与针对理论本体的研究相比,这些研究的价值和意义稍弱。

整体而言,现有的成果对流沙河诗歌理论的研究还不够系统和全面,而且主要集中在 20 世纪 80 年代,后来,就基本上没有学者再去关注流沙河的诗论了。因此,重新整理流沙河诗歌理论成果十分必要。而深挖其理论价值和意义,不仅能够使我们深入地认识流沙河,而且可以管窥转型时期的诗歌理论建设情况。

---

① 季元龙:《有感于"我读不懂"》,《文谭》1983 年第 9 期,第 42 页。
② 徐民和:《流沙河隔海谈诗》,《瞭望周刊》1985 年第 44 期,第 36 页。
③ 黄集伟:《〈隔海说诗〉漫想》,《读书》1986 年第 5 期,第 102 页。

第一章　流沙河对诗学原理的独到认识与言说

回顾新中国成立以来重要的刊物、理论专著中的诗歌理论情况，可以发现当时诗歌理论的重点并不在于怎样写，而在于写什么、谁来写，诗歌的本质、诗歌的艺术技巧并非重点所在。但是到了20世纪80年代，有关诗歌本体的讨论逐步恢复，流沙河的相关理论也是在这个大背景之下诞生的。

1950年1月，《人民诗歌》创刊。面对新的历史情境，刊物编委开始思考诗歌应如何表现新的时代的问题。劳辛首先从内容层面指出诗歌应该努力的方向："过去只抒写个人身边琐事或悲欢离合的东西；今天该要歌唱群众的意志、情感与行动了。"①其次在方法论层面，劳辛指出要使用积极的浪漫主义与现实主义相结合的创作方法。不过他虽然谈到了诗歌的语言、形象、音节等有关"怎样写"的技巧因素，但没有完全站在诗歌本体的角度进行论述，而是站在服务人民的立场提出了要求，例如语言"须从大众中来提炼，然后还给他们，这样，他们才乐于接受"②，韵律"为了能使老百姓易于接受，应该有简单的自然的韵律"③……总而言之，劳辛并不认为"技巧写得好也有他的写作前途"④，而是将诗人的阶级地位和世界观看作更重要的理论问

---

① 劳辛：《写什么与怎样写》，《人民诗歌》1950年第1期，第4页。
② 劳辛：《写什么与怎样写》，《人民诗歌》1950年第1期，第6页。
③ 劳辛：《写什么与怎样写》，《人民诗歌》1950年第1期，第6页。
④ 劳辛：《写什么与怎样写》，《人民诗歌》1950年第1期，第7页。

题：要产生好诗，需要"到工农兵的队伍里去，诚心诚意地为人民服务"①。后来，劳辛又进一步批评了只注重形式、不注意内容的观点："那些说诗不知表明什么，或述说什么，它只是形式的和纯粹情感的美的艺术的编客们，只证明他们对于人民大众生活的冷漠和对于诗底美学的无知而已。"②

同在当年一月份创刊的《大众诗歌》则侧重强调诗歌的社会功能："诗歌应该是犀利而有效的战斗武器，对友军是号角，对敌人则是炸弹。"③"号角与炸弹"这一比喻虽然不是对诗歌的定义，但它以单称判断的句式，压抑了对诗歌本质的探寻，并极大地规约了诗人所能够表达的题材和情绪内容。此后，这一比喻常被引用以强调诗歌的社会功能，在中国作家协会第二次理事会会议期间，周扬旗帜鲜明地提出："诗人是时代的号角。在我们的抒情诗和叙事诗之间，并没有万里长城隔着，抒情是抒人民之情，叙事是叙人民之事。"④ 诗歌的情感被进一步定性。

"文化大革命"期间，诗歌的炸弹、匕首作用持续被放大，成为各种运动中的"武器"。向革命样板戏学习成为诗歌创作的一个重要原则，诗歌不断被异化。1975年底，田间发表文章《吹起进军号》，文中这样定义诗歌："学大寨要学根本，写诗也要抓生活的本质，抓时代的脉搏。从这个意义上看，'斗'字是诗字的代名，诗字是'斗'字的化身。如果这看法不错，革命的新诗，必然出自一个革命者之手。打铁先得本身硬，要写革命诗，先做革命人。"⑤ 几乎与之同时，仇学宝在《文汇报》上总

---

① 劳辛：《写什么与怎样写》，《人民诗歌》1950年第1期，第7页。
② 劳辛：《论诗的思想性》，《人民诗歌》1950年第3期，第5页。
③ 郭沫若：《关于诗歌的一些意见》，《大众诗歌》1950年第1期，第4页。
④ 周扬：《建设社会主义文学的任务》，《文艺报》1956年第5~6期（合刊），第11页。
⑤ 田间：《吹起进军号》，《光明日报》1975年11月23日第4版。

结并赞扬了这一时期的诗歌:"特别是在文化大革命中,广大工农兵用诗歌作刀枪,向修正主义和资产阶级反动路线展开了猛烈的进攻,在批林批孔运动和学习无产阶级专政理论运动的过程中创作了大量战斗性很强的诗歌,发挥极大的战斗作用。因此,以党的基本路线为纲,密切为当前政治斗争服务,为新生事物大喊大叫,就成为文化大革命以来诗歌创作的最显著的特点。"① 这段话鲜明地指出了这一时期的诗歌特色。

直到 20 世纪 70 年代末,"号角与炸弹"这种说法的影响犹存。1978 年年底,《诗刊》在召开座谈会研讨《天安门诗抄》时,依旧强调"文学艺术,包括诗歌,都是阶级斗争的工具和武器"②。在 1979 年初,《诗刊》组织召开全国诗歌创作座谈会,也依然提出要使诗歌"成为时代的战鼓、进军的号角"③。

面对上述状况,诗歌重建自身势在必行。新时期对诗歌本质以及表现手法的讨论首先是从"形象思维"开始的。1978 年 1 月,《诗刊》重新发表《毛主席给陈毅同志谈诗的一封信》,并邀请一些诗人展开学习、讨论。从讨论发言看,这封信被当作批判"四人帮"的"锐利的武器"④,因此在讨论中诗歌本身的独立性依旧被遮蔽。如臧克家指出,这封信"谈的是美学问题,但所涉及的是阶级立场问题——政治问题"⑤。虽然,这个讨论所能达到的理论高度已经被先天限定,大家的关注重心也集中在民歌的使用方面,但是"形象思维"这一概念的公开提出对活跃诗坛无

---

① 仇学宝:《为开一代诗风而奋斗》,《文汇报》1975 年 10 月 22 日第 4 版。
② 本刊记者:《学习〈天安门诗抄〉发扬"四五"精神 促进社会主义诗歌创作的繁荣——〈天安门诗抄〉座谈会纪要》,《诗刊》1979 年第 1 期,第 77 页。
③ 本刊记者:《要为"四化"放声歌唱——记本刊召开的诗歌创作座谈会》,《诗刊》1979 年第 3 期,第 6 页。
④ 本刊记者:《毛主席仍在指挥我们战斗——学习〈毛主席给陈毅同志谈诗的一封信〉座谈会纪要》,《诗刊》1978 年第 1 期,第 5 页。
⑤ 臧克家:《诗论遗典在》,《诗刊》1978 年第 1 期,第 12 页。

疑有重要的作用，一些敏锐的理论家围绕它开始了对艺术表现手法、思维方式的讨论。李泽厚撰文称"形象思维是文艺创作的客观规律"①，它"不脱离形象想象和情感"②。而蒋孔阳则提出："诗歌的创作和艺术的构思却自有其特殊的规律，这个特殊的规律就是形象思维。"③ 同时，他归纳了形象思维的四个特点：通过个别反映一般、使用比兴、讲究意境、重视想象。

20年后，吴思敬在回忆诗歌复兴的过程时，专门肯定了这封信发表的意义，认为它"打破了一个禁区，使理论家可以研究创作思维的特殊规律"④。这些讨论一方面使"形象"成为诗歌把握世界的特殊方式和诗歌的本质特征，被诗坛所认可；另一方面令"情感""比兴""想象""个性"等要素活跃起来，融入新时期诗歌的理论与实践中。那么，流沙河对诗歌本质、诗歌表现手法的认识是怎样的，又有什么特别之处呢？

流沙河的诗学原理主要体现在《三柱论》《十二象》中。在这些作品中，他重点阐述了自己对诗歌的本质、意象、想象等重要概念的理解。《三柱论》是流沙河在1988年上海金山国际汉学家会议上的发言记录，其中，他运用形象性的语言，阐述了自己对诗歌本质的理解。《十二象》则把"意象"细分为十余种，流沙河对每一种"意象"的古代渊源、艺术技巧及效果都进行了举例分析，并结合自己对西方意象派的了解，比较了中西意象的不同。虽然对于赋比兴、比喻、拟人、用典等艺术手法我们都已非常熟悉，但流沙河据此提出的"赋象""兴象""比象"等概念却

---

① 李泽厚：《关于形象思维》，《光明日报》1978年2月11日第3版。
② 李泽厚：《关于形象思维》，《光明日报》1978年2月11日第3版。
③ 蒋孔阳：《诗歌创作与形象思维》，《解放日报》1978年1月11日第3版。
④ 于祎，《孕育复兴的诗坛——访〈诗探索〉主编、首都师大新诗研究室主任吴思敬》，载自宋晓明、刘蔚主编：《追寻1978：中国改革开放纪元访谈录》，福建教育出版社，1998年，第113页。

是十分新颖的。他在《兴象》《意象派一例》等文章中探讨了意象派与中国的渊源及中西意象的异同，启示我们应客观看待意象主义、重视古典诗学。整体来看，流沙河虽然对意象的源流、含义等问题研究得比较透彻，但同时也存在一些盲视。

第一节 诗之本质——三柱论

关于诗是什么的问题，古今中外曾做过长期的探讨，留下了许多值得借鉴的言论，但至今也没有一个公认的定理，真可谓诗学上的"斯芬克斯之谜"了。

关于诗的定义众说纷纭，一直没有统一的说法。杨鸿烈的《中国诗学大纲》曾将诗的定义分为诗言志、持人性情、承人感情等几大类别，并列举中国古典诗学及外国诗学40余条有关诗的定义予以评析，最终给诗下的定义是："诗是文学里用顺利谐合带音乐性的文字和简练美妙的形式，主观地发表一己心境间所感现，或客观地叙述描写一种事实而都能使读者引起共鸣的一种情绪。"① 美国诗人卡尔·桑德堡也曾以形象化的语言为诗下过10条定义，如"诗，是抑扬的音韵以重复、音节、波长的确定涵意打破沉默、穿过沉默的投射"②，"诗，是在陆地上生活、想要飞上天去的海洋动物的日记"③，等等。概言之，在中外诗史上，诗的定义可以归纳为几类较有影响的说法：言志说、感情说、想象说、语言结构说、综合说。

言志说认为诗是用来表现作者之志的，如《尚书·尧典》

---

① 杨鸿烈：《中国诗学大纲》，商务印书馆，1928年，第47页。
② 卡尔·桑德堡：《诗的十条定义》，江枫译，《散文诗》2005年第5期，第77页。
③ 卡尔·桑德堡：《诗的十条定义》，江枫译，《散文诗》2005年第5期，第77页。

第一章　流沙河对诗学原理的独到认识与言说

"诗言志，歌永言，声依永，律和声"①，《毛诗序》"诗者，志之所之也。在心为志，发言为诗。情动于中而形于言，言之不足故嗟叹之，嗟叹之不足故永歌之，永歌之不足，不知手之舞之，足之蹈之也"②。但"志"指的是什么，这些说法并未明确。据闻一多考证，"志与诗原来是一个字，志有三个意义，一记忆、二记录、三怀抱"③，前两种含义与情感的关系不大，而"怀抱"既可以指意也可以指情。

感情说认为诗歌是用来表现感情的，如严羽"诗者，吟咏性情也"④ 等。

言志说、感情说两种定义都是从诗歌的内容层面进行界定，也存在交叉之处，但是它们也同样适用于其他类型的文体，难道小说和散文就不言志、抒情吗？所以这些定义并不能从根本上解决诗的本质问题。

想象说把诗界定为"想象的表现"⑤，但它只是从诗歌创作的思维方式来定义的，也不能全面把握诗歌内涵。

语言结构说的代表人物什克洛夫斯基把诗歌定义为"受阻碍的、被约束的语言"⑥，这种定义也只是从语言层面对诗作出解释，不够全面。

综合说则是从内容、形式等多方面定义诗歌，如何其芳的定义："诗是一种最集中地反映社会生活的文学样式，它饱和着丰

---

① 《尚书·尧典》，载自黄霖，蒋凡主编：《中国古代文论选编（上卷）》，复旦大学出版社，2022年，第7页。
② 《毛诗序》，载自黄霖，蒋凡主编：《中国古代文论选编（上卷）》，复旦大学出版社，2022年，第60页。
③ 闻一多：《歌与诗》，《闻一多全集（第十卷）》，湖北人民出版社，1993年，第8页。
④ 陈超敏：《沧浪诗话评注》，上海三联书店，2013年，第214页。
⑤ 雪莱，《诗辩》，载自伍蠡甫主编：《西方古今文论选》，复旦大学出版社，1984年，第132页。
⑥ 朱先树：《诗歌美学辞典》，四川辞书出版社，1989年，第306页。

富的想像和感情，常常以直接抒情的方式来表现，而且在精炼与和谐的程度上，特别是在节奏的鲜明上，它的语言有别于散文的语言。"[1] 这个定义相对全面，不过也存在一定的局限性。首先，这个理解明显带有现实主义反映论的特点，认为诗歌是用来反映社会生活的，忽略了诗歌的主观性，即对诗人内心世界的表现作用；其次，其认为诗歌的表达方式常为"直接抒情"，忽视了诗歌语言的含蓄与内敛，忽略了意象的作用。不过，总体而言，较之上述几种定义，综合说更客观、理性一些，其他单方面的定义要么只是抓住了诗歌的某种特质，要么只是单纯地表明了自己的创作理念，显得片面。

在开展探讨前，流沙河自然也不能回避这个诗学的基本问题。对于"诗是什么"这个问题，他如此回答："三柱擎起平台，建筑空中花园。"[2] 三柱指的是情柱、智柱和象柱，而平台则指的是语言。流沙河认为，情、智、象这三种要素必须通过语言这个平台，化为情语、智语、象语表现出来，才能构成诗歌；三柱在诗歌中扮演着灵魂、骨骼、外貌的角色，作用各不相同、不可缺一。流沙河的比喻非常贴切，情是软性的，而智是硬性的，所以分别为魂、骨，而这两者都必须通过象表现出来，所以象为貌。

诗史上涌现出的各个诗派此起彼伏，各以自己的主张为诗之本质，而流沙河综合情、智、象说，提出诗歌的本质为"三柱平台空中花园"[3]，这个定义以比喻而非理辩的方式言说，带有古典文论的形象性特征。从定义的内容看，情、智、象这三大要素，把握住了诗歌的一些重要特质，而以"象"作为诗歌的貌，

---

[1] 何其芳：《关于写诗和读诗》，作家出版社，1956年，第27页。
[2] 流沙河：《流沙河诗话》，四川文艺出版社，1995年，第469页。
[3] 流沙河：《流沙河诗话》，四川文艺出版社，1995年，第470页。

说明流沙河重视形象化的表现，反对诗歌的直白宣泄。不过他最终将诗歌落脚于"语言"，也即他所说的"空中花园"这个表现形式上，则说明他的定义侧重在语言层面。尽管他强调了"三柱"对语言的浸润，但最终从语言层面对诗歌做总体定性还是存在过于宽泛的问题。同时，这一定义还存在着内在的矛盾：一方面流沙河将三柱看作并列关系，共同撑起平台；另一方面，他却说情、智必须通过象表现出来，在这种思路之下，诗歌应该是情、智递进表于象，象表于语言，三者之间显然不是并列关系。此外，该定义也没有考虑到诗歌在形式如节奏、分行等方面与其他文体的不同。

流沙河的"三柱论"有着明确的现实关怀。他借之观察历史上的诗派，并对各派的得失做出了评价。他认为浪漫主义诗派的情柱太长，失之滥情；美国意象诗派和中国朦胧诗派的象柱太长，一个失之小器，一个失之散乱；中国宣传诗派也即政治口号类诗歌的智柱太长，失之说教。这些结论并不难理解，只不过流沙河用三柱论这样新颖的术语来讲述，显得不落窠臼。其实，他对这些诗派的批评可以理解为一种警示，因为这些诗派毕竟也都有好的作品。从三柱的长短伸缩来看各诗派的兴衰，流沙河延伸出这样的看法：诗派的起落不过就是三根柱子的伸缩，物极必反，当一根柱子过长时就会自然而然地缩短，而短到了极点，就有了伸长的欲望，诗歌的永恒便是三柱永不停歇地伸缩运转。三柱伸缩之说带有中国古典哲学的眼光，纵观中国新诗近百年的发展历程，不难看出，它在一定程度上与流沙河所说的这种轨迹是相吻合的。如在宣传诗发展到了尽头时，朦胧诗的暗潮就涌现出来，当朦胧诗发展到一定程度时，第三代又举起了"反意象""反抒情"的大旗。

流沙河的三柱论不仅可以用于评诗，也可以用来论人。人的气质，根据三柱的长短不同，也可分为情、智、象三种类型。气质不同的诗人诗风也各不相同。流沙河的这种观点与古人"文气说"有相通之处。曹丕在《典论·论文》中就以诗人的气质来论其文："文以气为主，气之清浊有体，不可力强而致。"① 他认为"气"是每个人的独有的特质，它的刚柔清浊并不会因后天的刻意改变而改变。刘勰在《文心雕龙》中也有类似的论述，所谓"各师成心，其异如面"②，就是指每个人只要按照自己的本性来写作，就能写出不同风格的作品。对于文气相通，流沙河认为诗人如果能根据自己的气质来作诗，并趋长避短，写诗肯定就会有所成就。他的这种观点对写诗之人颇有益处，可助他们认清自我，发挥所长。不过，从诗歌实践看，做到三柱综合并不容易，能够融合三者之二的诗就已经是少数了，融贯三者更是难上加难。

第二节　诗之表现手法——意象

意象，是诗歌艺术特征的重要体现，关系着诗歌的审美价值，它是诗学上另一个不可回避的命题。20世纪80年代初，出于对以往直白诗风的反拨，"意象"由于表达的间接性、含蓄性而大热。早在1979年，赵毅衡就在《外国文学研究》上介绍了意象派诗歌与中国古典诗歌的关系，认为它们在诗歌艺术技巧上"作了十分有意义的开拓工作"③；随后他又在《星星》上译介意象派的诗歌，指出意象派"实际上是在摸索着形象思维在诗歌创作中的某些具体运用。完全否定意象派，显然是错误的"④。

---

① 曹丕：《典论·论文》，载自黄霖、蒋凡主编：《中国古代文论选编（上卷）》，复旦大学出版社，2022年，第108页。
② 陆侃如、牟世金：《文心雕龙译注（下册）》，齐鲁书社，1982年，第97页。
③ 赵毅衡：《意象派与中国古典诗歌》，《外国文学研究》1979年第4期，第3页。
④ 赵毅衡：《意象派》，《星星》1980年第6期，第82页。

第一章　流沙河对诗学原理的独到认识与言说

1980年10月，袁可嘉等人编选的《外国现代派作品选》，对意象派进行了初步介绍，同时选译了意象派诗人庞德的三首诗歌。1981年，《诗探索》第4期译介了庞德的理论《回顾》……此后，意象这个术语被广泛地应用于诗坛。

作为一个敏感的理论家，流沙河也意识到了意象的重要性。他非常重视意象，认为情感、理念都要透过意象表现，可见意象在其诗歌理论中的地位。虽如此，流沙河也不赞同意象至上的观点，他觉得不能为意象而意象，写诗并非玩弄意象，而要有实质内容。在《十二象》一书中，流沙河重点探讨了意象的含义、来源、分类等，并将它与西方的意象进行比较，为我们呈现了较为全面的意象研究。不过值得注意的是，当时对意象进行阐释的诗人、理论家颇多，只有将流沙河的相关研究置于当时的语境之下，才能更清晰地认识其意义。

一、意象的含义及来源

流沙河对现代诗论中"意象"的定义很简洁，只用了四个字"表意的象"[①]，在他看来，这个定义横贯中西，既承继了中国古典意象理论，又结合了西方现代意象理论。由他定义的过程，可以清晰地看到其理论的倾向性。

在"意象"的来源上，流沙河着重从中国古典诗学中寻找依据。在《〈易〉之象》《意象》等文章中，流沙河探索了意象在中国的大致发展历程。

流沙河认为，古典诗学中已经有关于"意象"的论述，只不过最开始古人是将意和象分开说的，前者是内容，后者是形式。而意象的最初来源，则是"诸人之所以意想者皆谓之象"[②]。在

---

① 流沙河：《意象》，《星星》1984年第9期，第99页。
② 李维新等注译：《韩非子》，中州古籍出版社，2008年，第148页。

这里，流沙河沿用的是韩非的说法，意、想二字在这句话中的意思是相同的。而意象论的胚胎，在流沙河看来则是《易》中的"象"："《易·系辞》引孔子的话'圣人立象以尽意'，这一句便是受精卵。立象就是造象，尽意就是表意。"①

与此同时，流沙河将当时惯用的"象征"也追溯到《易》中。他援引很多条《易》中的筮辞，以说明象征手法最初的使用情况。根据流沙河的研究，象征源于占卜，最初的时候，"象征"并不是复合词，而是由单音节组成的词汇，"象"代表物象，"征"代表征兆。筮辞的结构即一象一征，如"舆说辐。夫妻反目"②。意思为车轮和辐条脱离，夫妻就会吵架，不祥的"象"预示了不祥的征兆。据此，他认为最初的象征都是以组为单位出现的，每条筮辞都是一组象征，而全部筮辞则都可看作前诗。这种把象征分为一组的观点令人耳目一新，也切合古代象征的实际使用情况。流沙河认为，象征手法在"前诗"发展至《诗》的过程中起了催化作用，《诗》中由比和兴所形成的句子就源于筮辞的象征。他对筮辞"鸟焚其巢。旅人先笑而号啕"③进行了改写，以此来论证自己的观点。按前述，筮辞被改编为："翩翩者鸟，乃焚其巢。旅人先笑，终以号啕。"④这样，前半句成了"兴"，先言他物为表象，后半句则是赋，对应着征兆。

流沙河把《易》中的"象"和"象征"都归入了意象，若放在古典文学理论的范畴中，可以做出一定的解释，因为它们都与意象的来源关系密切。但是如果按今天对它们的阐释和使用情况来说，它们并不能被划入意象范畴，因为前者是单纯的象，而后者则是一种表现手法，更多用作动词，但意象则是名词。

---

① 流沙河：《意象》，《星星》1984年第9期，第95页。
② 王弼：《周易注校释》，楼宇烈校释，中华书局，2012年，第93页。
③ 王弼：《周易注校释》，楼宇烈校释，中华书局，2012年，第206页。
④ 流沙河：《兴象》，《星星》1984年第3期，第89页。

第一章 流沙河对诗学原理的独到认识与言说

流沙河意象论的成形定于王弼的认识。王弼在《周易略例·明象篇》中说"夫象者出意也，言者明象也。尽意莫若象，尽象莫若言"①，"意以象尽，象以言著"②。尽管这段话中象和意是分开说的，并没有融合在一起，但流沙河认为它们已经说明了象和意的关系，因此将其认定为意象论的成形。据流沙河考证，第一个把意、象两个字联在一起，并落脚在"象"、用在文艺理论上的是刘勰。刘勰在《文心雕龙·神思篇》中谈到"玄解之宰，寻声律而定墨；独照之匠，窥意象而运斤"③，自此之后，意象这个词一直流传并发展，其基本的含义就是表意的象。其实如果仔细推敲，这句话中的意象应该解释为"意中之象"，还未达到表意的象的程度。不过，流沙河重视它的原因，应该是这里的意、象二字含义已经开始互相渗透融合，显示了主观情思与客观物象的结合。

流沙河指出，中国原有的意象除了"表意的象"之意，还有"意"和"象"分离对举的特殊含义。而今天之所以常取第一种含义，则与西方"image"一词的引入有关。西方的"image"既是心理学用词，也是文艺学用词，中国的学者将二者都译为"意象"，例如庞德所提倡的"imagism"，后也被译为意象主义。外来词语的传入就此挤占了我国原有的意、象并列的含义，使"表意的象"之义更为流行。

在对意象进行定义时，流沙河选取了多位学者提出的十种定义进行综述，包括康德、庞德、覃子豪、余光中、向明、朱光潜、艾青等，并将其分为中西两派。中派被他概括为：意象是意中之象/内意寄托于外象/情思融于景象/隐意于象。西派被概括

---

① 王弼：《周易注校释》，楼宇烈校释，中华书局，2012年，第284页。
② 王弼：《周易注校释》，楼宇烈校释，中华书局，2012年，第285页。
③ 陆侃如、牟世金：《文心雕龙译注（下册）》，齐鲁书社，1982年，第85页。

为：意象是通过想象的/陶冶的/经验的/知觉的再现。在综述这些定义前，流沙河首先排除了庞德对于意象的认识，即意象是一瞬间表现出来的理性和感性的复合体，他认为这个说法带有克罗齐所言的艺术即直觉的性质，还有待商榷。这样一来，上述定义虽然是两类，但根本上并不存在大的差异，都是将"意"通过某种方式表达于"象"之中，具有明确的主客观关系。

客观来讲，流沙河从中国古典诗学找寻意象的源流，有利于激活传统诗学。但流沙河将象与征的对应关系讲清楚了，却并没有对意象和象征作出细致的区分，而是将后者归为前者的子属："意象可分若干类，其中一类是象征。"[1] 流沙河以"江南可采莲，莲叶何田田"[2] 一诗为例，认为诗中的"鱼"和"莲"这两个意象都是象征。意象和象征真的没有差别吗？事实上当时许多诗歌理论研究者已经在研究二者的区别，比如耿占春、宋乐永等。耿占春指出，象征是凝结的，是意义的集结；意象是"流动的"[3]，是"诗人直接进行思考和感觉的方式"[4]。宋永乐则指出："从比喻，到象征，再到意象，思维方式是由联想，到创造性想象，再到幻想，甚至直觉，步步深入心灵。"[5] 他们都指出了意象强于象征的主观性，以及意象重象，象征重义的特征。但是由于流沙河对于庞德诗学的批评，所以他忽略了意象更具直觉性、直感性的那一面，而这恰恰是当时先锋的诗人们所重视的。

---

[1] 流沙河：《十二象》，生活·读书·新知三联书店，1987年，第243页。
[2] 曹胜高、岳洋峰辑注：《汉乐府全集 汇校汇注汇评》，崇文书局，2018年，第66页。
[3] 耿占春：《论想象的形式》，《诗探索》1982年第2期，第169页。
[4] 耿占春：《论想象的形式》，《诗探索》1982年第2期，第169页。
[5] 宋乐永：《从人面桃花谈起》，《诗探索》1982年第4期，第179页。

二、意象的分类

由于定义的极度简练,"意象"一词的外延也就被流沙河延伸得非常广阔。定义中的"意"包括了我们全部的意识和潜意识活动,如心意、情意、意思、意图等,"象"既可以指显现在我们心中的未完成的意象,也可以指在作品里已完成的意象,不仅包括语言文字类意象,也包括非语言文字类意象,如绘画、影视等作品中的意象。只要适用于"表意的象"这四个字,在流沙河那里就都可以称为意象了。

在"十二象"中,可以看到赋象、兴象、喻象、典象、拟象、隐象等品类繁多的意象。像流沙河这样对意象划分得如此细致的学者,恐怕绝无仅有。其实,他所作出的这些分类均和修辞手法相关。

兴象、喻象、拟象、隐象、典象、赋象这几种意象,顾名思义,就是指使用这几种表现手法形成的象。例如,兴象,是运用"兴"的手法写出的象,如"苕之华/芸其黄矣/心之忧矣/维其伤矣"[1]的前面两句就是兴象。喻象,是通过比喻手法形成的象,包括喻事之象、喻情之象、喻理之象。但流沙河认为,通常来讲,明喻还没达到造象的水平,而暗喻、远取譬则容易成象,这是由于明喻直接浅显,而暗喻、远取譬则具有含蓄暗示的效果。拟象,是用拟人拟物手法形成的象;隐象是指诗谜同源,用隐语写出的象;典象是使用典故形成的象;赋象则是用铺展手法写出的象。

这种对意象含义的泛化在当时是一种比较普遍的现象,赵毅

---

[1] 柴华:《中华文化典籍精华 诗经》,黑龙江人民出版社,2004年,第343页。

衡曾将 image 翻译为"语象"①，并将其分为描述性、比喻性、象征性三类；骆寒超把意象看作"各部分的具象表现"②，同时也从修辞方式的不同入手，将意象分为描述性意象、拟喻性意象、明喻性意象和隐喻性意象四类。赵、骆二人所说的描述性意象其实和流沙河所言的赋象内涵差不多。从积极的意义上讲，对意象的关注，有利于诗歌突破以往单一、直说的表现方式，以形象化的方式达到含蓄的艺术效果；同时将赋、比、兴、拟人、用典等常用的修辞与"象"连接在一起，是一种创新，能够为赏析领域注入新鲜的血液。但值得追问的是，是否每一种修辞都必须得与意象"联姻"？对意象的分类过多，暴露出当时理论建设慌乱与内在逻辑不清晰的问题。赵毅衡在对意象进行分类的同时曾指出，意象这个概念陷于极其混乱的状况之中；宋垒也提出，"我们现在对'意象'一词使用得过于宽泛，把物象、幻象、意象等等都包括进去了，甚至还兼指形象"③，不够准确。

或许是由于流沙河意识到了直接将各类修辞与意象勾连起来的简单粗暴之处，因此，他进一步将这些象和平日所用的比喻、拟人做了区分：只有那些达到"造象水平"④的语句才是意象，否则就还只是普通修辞。但究竟什么样的水平才属于造象水平，流沙河并没有明确的界定。在他看来，李白"云想衣裳花想容"⑤还只是修辞，没有达到喻象的水平；傅天琳《我是苹果》中的苹果则达到了拟象水平。其实，这个判定标准的界定并不清晰。李白的这句诗虽然对美的描写朦朦胧胧，但却能让读者联想

---

① 赵毅衡：《诗歌语言研究中的几个基本概念》，《诗探索》1981年第4期，第146页。
② 骆寒超：《新诗的意象艺术》，《诗探索》1981年第4期，第120页。
③ 宋垒：《意象三题》，《诗刊》1985年第8期，第62页。
④ 流沙河：《喻象》，《星星》1984年第4期，第99页。
⑤ 安旗：《李白全集编年注释（上）》，巴蜀书社，1990年，第456页。

第一章　流沙河对诗学原理的独到认识与言说

到云的飘逸和花的艳丽，也可以说是达到了喻象的水平。而《我是苹果》则相对更加直白，如"我是一只小小的、红艳艳的苹果/我的微笑，挂在孩子脸上/我的甜蜜，流进老人心窝"① 等语句使用了拟人的修辞，在当时确实令人感到新鲜，但能否说达到了造象的水平呢？这个问题的答案完全可以仁者见仁智者见智。可见，流沙河对"象"的评判标准具有很强的主观性，他只是以个人对诗歌的感悟来说明问题，缺乏理性的分析和界定。流沙河对其他意象的分析也存在这样的情况，所以尽管他对每一种手法的渊源、流变了然于胸，但对其定义却缺乏理性概括。

通过流沙河的举例，可以看出他对古典诗歌的偏爱。杜甫、李商隐、李白、辛弃疾、苏轼等人的诗歌作品常被他引用，在《赋象》一文中，他举例的诗歌均为古典诗歌。不过，从文中也可见他对现代诗歌及理论的相关评述，如他由艾略特所说的"诗人得有广博惊人的知识"联想到"用典太滥"②，从古典诗歌的兴象讨论到波德莱尔的对应论，从诗谜谈到梁实秋所回忆的"笨谜"，等等。这说明流沙河并未刻意将诗学理论的某些概念进行中西本质化的分割，因此在某种程度上，他的诗学体系具有连通古典诗学与现代诗学的能量。

尽管流沙河的记述在表达和言说上具有主观性，不足以作为不刊之论来看待，但对意象的细致分类和研究，显示了流沙河对诗语含蓄特征的重视："读诗，我爱暗示出之，它有嚼头。"③ 尽管他提出的这些特征在理论建构上仍有可待商榷之处，但不能否认，流沙河细述的这些手法，对于初学写诗者学习怎么更好地运用典故、比喻、拟人等艺术手法来写诗，避免蹩脚的修辞，颇有益处。

---

① 傅天琳：《绿色的音符》，四川人民出版社，1981年，第35页。
② 流沙河：《典象》，《星星》1984年第7期，第93页。
③ 流沙河：《隐象》，《星星》1984年第6期，第94页。

流沙河对于意象的分类大致如上。值得注意的是，流沙河在论述意象的过程中，经常提醒读者珍惜古典诗论。他认为中国古诗中早已包含意象，后来流传到国外孳生出了意象派，但有许多国人却推崇出口转内销的产品。他将这种行为戏称为"端着金饭碗讨乞"①。20世纪70年代末到80年代初，"意象"大热，许多批评家译介了国外的"意象"概念并推崇之，而流沙河对意象的大部分解释，仍旧从古典诗学中汲取营养，可见他对于中国古典诗学的尊重。这种态度对于纠正诗歌批评领域崇洋媚外、玩弄主义的现象有一定益处，但是对于当时诗学的发展实际而言，经历了长期的闭关锁国，开放并借鉴外国诗学理论其实是更契合实际需要的。

三、中西意象比较

在几种意象之外，流沙河还分析了伊兹拉·庞德的《地铁站内》一诗，并探讨了客观对应物象、象外之象及艺术的象征。在行文时，他时不时拿西方对意象的论述来与他自己的意象作比较，通过比较，他指出西方意象派是祖述中国的，并进一步分析了二者的不同。

在《意象派一例》中，流沙河梳理了意象主义诗风吹到中国的历史，指出庞德在建立意象派时吸取了不少中国古典诗的艺术技巧。如《地铁站内》一诗，流沙河认为该诗歌里面的艺术手法在中国古典诗里早就有了。庞德从脸想到花，有可能只是受到了"云想衣裳花想容"的启发；而台湾地区的评论家所说的对位、意象并列等手法，也早就在"玉容寂寞泪阑干，梨花一枝春带

---

① 流沙河：《隐象》，《星星》1984年第6期，第97页。

第一章　流沙河对诗学原理的独到认识与言说

雨"① 里出现过了。流沙河认为，两句诗都写到脸部，都写了花且花都是湿的，说不定庞德在费诺洛萨的笔记上读过这两句，所以才使《地铁站内》受到了启发。因此，对于流沙河而言，此诗一点也不神秘。流沙河对两首诗相似之处的发现说明了他具有敏锐的诗感。当时诗坛已经广泛意识到意象派对中国诗歌的学习，此前赵毅衡已经在《意象派与中国古典诗歌》一文中提及该观点，并重点分析了全意象、脱节、意象叠加等艺术手法。不过，在相近的认识之下，不同的论者对待中外诗学遗产的态度并不统一。赵毅衡对二者持有更加平衡的态度，并未因意象派学习中国而表现出对它的贬低倾向，而是指出："我们不能说意象派是从中国古典诗歌发源的，只能说中国诗丰富了意象派诗人的技巧，加强了他们的信念。"② 相比之下，流沙河则有着超乎寻常的"古已有之"的民族自信。他经常使用"早就有""玩意儿"③ 这样的字眼，以表示对西方意象派的不屑一顾；同时他批评意象派对中国古典诗歌的内涵根本没有吃透，认为不必将意象主义捧得太高，更不应"数典忘祖"。"数典忘祖"这一词语在当时常被用以批评朦胧诗人对于外国的借鉴学习，如臧克家的意见，"学外国的'沉渣'而数典忘祖，败人胃口，引读者入迷魂阵"④。丁慨然则是进一步将臧克家的批评意见拓展到支持朦胧诗的理论家："谁也知道是一位著名的老诗人与诗论家，他与一大批诗人与诗评论家，在反对不正诗风中是坚决的。他讲'数典而忘祖'，并不专'指责写这种作品的人'，更主要的是批评鼓吹现代派诗

---

① 白居易：《白居易全集》，丁如明、聂世美校点，上海古籍出版社，1999年，第159页。
② 赵毅衡：《意象派与中国古典诗歌》，《外国文学研究》1979年第4期，第8~9页。
③ 流沙河：《意象派一例》，《星星》1984年第10期，第100页。
④ 臧克家：《也谈朦胧诗》，《臧克家全集（第十卷）》，时代文艺出版社，2002年，第56页。

风的人。"① 从"数典忘祖"这一词语的使用语境我们可以从侧面看出流沙河当时对朦胧诗的态度。不过后来,流沙河反思了自己对意象派过于严厉的态度,他说:"我不是说曾开欧美诗歌现代派之先河的意象派原来是从中国传出去的,那样说未免太阿Q了。"②

流沙河还比较了中国的兴象与波德莱尔的对应论,中国传统的物感说与艾略特的客观对应物象。这两组词语虽然不同,但是在流沙河的叙述中,它们都是在阐述外界事物同内心的关系,因此可以合并论述。流沙河认为兴象与对应论有些相似,客观对应物象则与古代文论中的物感说有相承之处,这两组概念都认为自然界的种种物象,如月圆月缺、花开花落等与人类的情绪呼应,能够形成人类的原始意象,但中西相比,又存在许多不同。不同点主要表现在以下四个方面:第一,外物、内心这两者相互感应的方向,西方的对应论、客观对应物象是先有内心情绪继而寻找外在世界的对应物,是由内而外,而兴象、物感说则由外物触动内心,是由外而内。这种差异表达在诗歌实践上,也即有些诗是"因情生景",为情感寻找对应物的,有些诗歌是"即景生情"的,还有一些诗歌是直抒胸臆喷薄而出的,其意象和情绪是共生的,并不需要寻找,如元稹《遣悲怀》、杜甫《闻官军收河南河北》等。第二,流沙河认为,波德莱尔的对应论过于强调象,而忽略了征,兴象则落脚在征,象不是最主要的。第三,对应论的象征最初指的是 symbol,该单词有标志和符号的意思,而中国的象征则是一组,由兴象和赋象组成。流沙河认为最初应该把 symbol 译为"标志",这样就不会与我国原有的象征混淆了。但

---

① 丁慨然:《对刘岚山〈传统〉一文的议论》,《慨然诗论》,中国国际广播出版社,2006年,第49页。
② 流沙河:《十二象》,生活·读书·新知三联书店,1987年,第30页。

第一章　流沙河对诗学原理的独到认识与言说

就像他所言的"意象"与"image"的关系一样，就当下而言，中国原有的象与征分离的象征已不活跃了，往往被 symbol 取代。第四，中国的兴象并不泛用，只会在篇章的开头出现。

流沙河对于二者的对比有一定道理，揭露了实际创作的复杂性。李怡也曾引入民族文化的背景说明二者的差别，如"'兴'的本质就不是宗教的迷狂而是诗人一瞬间返回'天人合一'状态的微妙体验"①，"'兴'的物象自成一体，浑融完整……'象征'的物象则比较支离破碎"②，等等。但是将中西理论进行极端的二元对立化表达也存在着一些不够周全之处。事实上，波德莱尔的对应论和中国的象征及兴象虽有差异，但也并不那么截然不同。首先，在感应外物的方向上，二者真的完全相反吗？波德莱尔在《应和》一诗中写道："自然是座庙宇，那里活的柱子／有时说出了模模糊糊的话音／人从那里经过，穿越象征的森林／森林用熟识的眼光将他注视。"③这首诗透露出的信息是：波德莱尔认为自然界向人们传递信息，与人的内心情绪相感应契合，由此可见对应论其实也可以是由外而内的，与兴象并无差别。其次，流沙河之前曾提到对于中国有很多诗歌，我们也不能断定是"即景生情"还是"因情生景"的，也就是说不能明确是由外而内，还是由内而外。而在此处，他为了说明中国的兴象与对应论的区别，直接把它定义为由外而内，与此前的观点不无自相矛盾之处。其实，中国古典诗歌中也有因情生景的作品，如李商隐的《登乐游原》，不就是由内心"不适"的感情向外去生发的"夕阳迟暮"之景吗？再次，从唯物论而言，尽管外国诗歌理论着重强

---

① 李怡：《中国现代新诗与古典诗歌传统》，中国人民大学出版社，2004年，第29页。
② 李怡：《中国现代新诗与古典诗歌传统》，中国人民大学出版社，2004年，第29页。
③ 波德莱尔：《恶之花》，郭宏安译，上海译文出版社，2013年，第17页。

调了由内而外，但恐怕他们也不能否认。所谓"内"从根本上是源于"外"的影响吧！因此不能单纯认定外国诗歌理论就是由内而外。最后，流沙河认为兴象和对应论的落脚点不同，这有一定道理，但是追问起来却并不十分恰当。在中国的兴象中，"象"作为一种形象的表达方式，难道不重要吗？而对应论难道不关心"征"吗？更重要的问题在于，流沙河既然已经意识到后来人所使用的象征被西方的 symbol 取代了，也就是说今天中国人使用的象征和西方没什么不同，那为何还念念不忘于比较古老的兴象与西方对应论的不同呢？其实追问这个问题，可以发现流沙河提出如上观点的目的在于强调多关注古典诗学，而不是学习西方。

在意象的营造方式上，流沙河也将自己的主张与西方进行了比较。流沙河主张意象应下功夫努力营造才能得到。这种观点承继了古典文学中惨淡经营的传统，贾岛曾用"二句三年得，一吟双泪流"[①] 形容自己营造意象的辛苦，唐朝之后也普遍存在"苦吟"现象，可见苦心经营在传统文学中根蒂之深。而流沙河认为西方意象主义的意象，完全凭借直觉在瞬间形成，与情感和理念无关。从概念上说，西方学者确实更重视意象的直觉性，如庞德所说的意象是在一刹那间呈现出的感性和理性的复合体，克罗齐也认为意象由直觉产生。不过却不能因此判断他们的意象就和情感、理念无关。虽然庞德强调对客观事物的直觉感受与反映，但还是指出了理性在其中的重要性，只不过，庞德认为它们在诗中以更为具象的方式集中地表现出来，不是通过读者艰苦的、理性的思考得到，而是需要调动读者的感官直观地得到。出于对直觉的否定，流沙河判定西方意象主义诗人是意象至上者，诗歌也是以象为体，为象而象；而他认为自己却是以象为用。我们当然不能否认，西方意象主义的诗人更加重视"象"的表达，甚至在一

---

① 黄鹏：《贾岛诗集笺注》，巴蜀书社，2002 年，第 384 页。

第一章 流沙河对诗学原理的独到认识与言说

些诗人中,出现了晦涩、为意象而意象的形式主义创作。但是实际上,西方的很多诗人和中国的诗人一样,都是用"象"来表达某种情绪和意义,并非单纯地在诗中罗列意象,同时,他们的创作也确实更新了诗歌的审美观念与表达方式。不过,由于流沙河一直保持着对意象的某种警惕,因此他不仅批评那些以玩弄意象为美、完全把自己搅进意象的漩涡里的诗人,也自觉地将自己区分在外。

"十二象"在结集出版时,加了一篇附录《艺术的象征》,这是流沙河在成都舞台美术学会讨论上所作的发言。在文中,流沙河将意象延展到舞台艺术层面,认为"舞台上出现的事物和物象,全部经过了一个意象化的艺程。它们都是意象"[1],"在设计舞台布景时,必须考虑到它们包含着什么信息,即我们赋予它们什么'意'。否则就是莫名其妙"[2]。这种将意象进一步泛化的理论架构虽然还有待商榷,但将相关知识迁移到舞台布景中,为舞台艺术提供了有益的建议。此外,在"十二象"中,流沙河还讨论了"象外之象",它更多涉及"想象"的问题,笔者将在下节进行论述。

流沙河对意象的溯源、定义及分类都深入中国古典文学,表明了他对传统文学的自信和重视。对西方意象派,流沙河既主张借鉴他们的长处,向他们学习制造意象的技巧,也告诫大家不要唯意象至上,只注重诗歌形式的精美而忽略了社会内容。表面看来,流沙河是理性而客观的,但细究之可以发现他对西方意象主义的否定多于肯定,仍旧以中国古典诗学为主。

---

[1] 流沙河:《十二象》,生活·读书·新知三联书店,1987年,第242页。
[2] 流沙河:《十二象》,生活·读书·新知三联书店,1987年,第266页。

第三节　意象的动力——想象

想象是思维活动的关键力量，是一种创造行为，对于诗人的创作和读者的欣赏都意义重大。富于想象力的作品，充满惊奇而新颖的意象，而缺乏想象力的作品，则局限在狭窄的空间里，显得苍白而平庸。在20世纪80年代出版的诗歌理论著作中，有不少都专列"想象"一章，如郭超《诗的艺术欣赏与创作》，李元洛《诗歌漫论》，吴欢章、孙光萱《抒情诗的艺术》，阿红《漫谈诗的技巧》，曹长青、谢文利《诗的技巧》等。郭超指出："想象，是诗人概括生活使诗歌典型化的一道桥梁，是诗歌形象化的重要手段。"[1] 曹长青、谢文利指出："丢掉想象，实际上，就等于丢掉了诗。"[2] 这充分说明了想象的重要性。具体而言，想象可以帮助诗人看见一般人所未见的事物，使他们用独特的方式把握住事物的特质，向人们展现出事物潜在的美，同时它能够给读者插上翅膀，帮助他们理解作品。

一、想象即灵视

与对"意象"来源的阐述一样，关于"想象"的由来，流沙河同样沿用了韩非的说法——"以意想者皆谓之象"。这也即是说在看不到真正的大象后，只好去看画出来的大象；如果画中的象也难见到，就只能在脑海中想大象了。随后，"象"一词的涵盖范围扩大，所有脑袋里想的东西，均被称作"想象"。

想象，在中国古典文论中多被称为"神思"。西晋陆机在《文赋》中如此描绘神思，"其始也，皆收视反听，耽思傍讯，精

---

[1] 郭超：《诗的艺术欣赏与创作》，内蒙古人民出版社，1979年，第154页。
[2] 谢文利、曹长青：《诗的技巧》，中国青年出版社，1984年，第76页。

第一章　流沙河对诗学原理的独到认识与言说

骛八极，心游万仞"①，盖言神思之奇妙；刘勰《文心雕龙·神思》开篇即言"'形在江海之上，心存魏阙之下'，神思之谓也。文之思也，其神远矣"②，把"神思"概括为一种形心相远的创作心理体验。

西方最早谈及想象的学者是亚里士多德，他曾说"知识或理智是永远正确的，想象不能和它相比，是可能错误的"③。其意思是说想象和知识、理智不同，具有超常性。西方第一个论述艺术想象的人则是罗马时期的诗学家斐罗斯屈拉塔斯，他明确提出了"用心来创造形象"④的艺术想象论，并大胆地指出想象比摹仿高明，比摹仿巧妙。在此之后，康德、黑格尔、柯勒律治与别林斯基等文论家都充分肯定并对艺术想象作了系统阐释。想象对于写作尤其是诗歌写作的重要性可见一斑。

在20世纪50年代的新民歌运动中，"想象"和对革命浪漫主义的强力呼唤结合在一起，被异化为"幻想"。晴空批评了将浪漫主义视为纯粹的作家主观的想象和现实脱离的观点，将想象与夸张、高昂等并列使用，强调诗歌需要"积极的浪漫主义"，要"从现实生活出发，以极其夸张的艺术手法……用极其丰富、美丽、大胆的想象，极其高昂的调子，以最鲜明的色彩和奔放澎湃的激情，来歌唱生动壮丽的现实生活"⑤。江雁则发文指出，"我们的时代，是一个充满了幻想的时代"⑥，"没有幻想的诗人，

---

① 张怀瑾：《文赋译注》，北京出版社，1984年，第22页。
② 陆侃如、牟世金：《文心雕龙译注（下册）》，齐鲁书社，1982年，第85页。
③ 亚里士多德，《心灵论》，载自中国社会科学院文学研究所编著：《古典文艺理论译丛（第十一册）》，人民文学出版社，2010年，第5页。
④ 斐罗斯屈拉塔斯，《狄阿那的阿波洛尼阿斯的生平》，载自伍蠡甫主编：《西方古今文论选》，复旦大学出版社，1984年，第42页。
⑤ 晴空：《我们需要浪漫主义》，《诗刊》1958年第6期，第76页。
⑥ 江雁：《幻想的时代》，《诗刊》1958年第6期，第80页。

不是一个真正的诗人"①。安旗的理论并未区分幻想与想象:"浪漫主义的根本特点是幻想或理想。高尔基说得好:'想象创造现实所提示给它的东西',这就是说,幻想或理想是受现实生活所制约所决定的。"②她进一步强调:"革命浪漫主义的幻想,不是一般的幻想,而是伟大的,高远的,而又必然实现的幻想。"③在这种逻辑下,想象作为一种艺术手法,被置换成了内容层面的理想主义。

这种情况到了新时期才开始改善,浮夸风的"想象"被抛弃,作为诗歌思维方式的、与拘泥于生活相对应的"想象"被重视。在有关"形象思维"的讨论中,"想象"已经被多次提及,在当时出版的诗学理论专著中,"想象"的重要性也被多次强调,诗歌界纷纷围绕"想象"展开了诗学思考。1980年7月,在《诗刊》举办的青春诗会上,艾青在为青年诗人讲诗时,专门就"生活、想象、真实的世界的关系"提出了一个"很值得思考"的问题:"为什么凭想象可以写出好诗来?为什么根据事实反而写不出好诗来?"④随后,杨匡汉对这个问题进行了回应,进一步指出想象比生活知识、生活经验更重要:"诗,最好不要直观如实地描绘生活,它具有极大的想象的自由性。"⑤"想象"的重要性再次凸显。可见,流沙河对"想象"的研究离不开诗学复兴的大背景。

---

① 江雁:《幻想的时代》,《诗刊》1958年第6期,第81页。
② 安旗:《略论新民歌思想艺术上的主要特点》,《诗刊》1958年第8期,第78页。
③ 安旗:《略论新民歌思想艺术上的主要特点》,《诗刊》1958年第8期,第79页。
④ 艾青:《与青年诗人谈诗——在诗刊社举办的"青年诗作者创作学习会"上的谈话》,《诗刊》1980年第10期,第36页。
⑤ 杨匡汉:《生活·想象·真实世界——诗学谈片》,《星星》1980年第10期,第104页。

第一章 流沙河对诗学原理的独到认识与言说

流沙河指出，"想象就是灵视，即心灵的视觉"①"第二视觉"②"幻想状态中的视觉"③，它体现了一个人的主观显象能力，就像是人的脑袋里长着第三只眼睛，专门掌管那些肉眼看不到的东西。陆机所言"观古今于须臾，抚四海于一瞬"④，刘勰所言"思接千载"⑤"视通万里"⑥，都是第三只眼睛在起作用，它替肉眼穿越古今，飞越千里，替诗人看到心中奇景。以"灵视"来形容想象，形象地揭示了想象在创作机制中的作用。流沙河认为，在写诗时，诗人需要潜心入境、作老僧入定状，这样才能更好地发挥想象的作用，捉住脑海中显现出的形象，这个观点与庄子的虚静说有异曲同工之妙。另外，流沙河还指出灵视与人的记忆力、洞察力和激情关系密切，若缺乏激情，情绪调动不起来，就很难发挥作用。这个说法比较中肯，因为诗人就应该是一个细心并且善于观察的人，还要富于对生活的激情，不然很难将不同的事物联想起来，更无法激发想象。

流沙河对"想象"的认识在诗坛中引起了一定的反响。杨匡汉后来在《文学评论》发文，将灵视和感觉、意象、情绪等并列，凸显了其在诗歌创作中的重要地位："我们在以诗美方式谋求特定社会时代下人们心灵的物化的同态结构时，'殊途'而'同归'之处，乃是一颗颗诗心须从感觉、意象、灵视、情绪以及场景色彩的跳动，经过过滤、沉淀、凝结和升腾，更前进到对于经验世界和情感世界的整体把握。"⑦ 后来，袁明光在流沙河、杨匡汉论述的基础上，进一步阐述了灵视的特性、类型以及它在

---

① 流沙河：《意象》，《星星》1984年第9期，第101页。
② 流沙河：《意象》，《星星》1984年第9期，第101页。
③ 流沙河：《显象》，《星星》1983年第7期，第135页。
④ 张怀瑾：《文赋译注》，北京出版社，1984年，第22页。
⑤ 陆侃如、牟世金：《文心雕龙译注（下册）》，齐鲁书社，1982年，第97页。
⑥ 陆侃如、牟世金：《文心雕龙译注（下册）》，齐鲁书社，1982年，第85页。
⑦ 杨匡汉：《中国新时期的诗美流向》，《文学评论》1986年第3期，第21页。

诗歌创作中的作用,他指出灵视具有"超越性、复归性和嬗变性"[①]。根据这些类型,他将灵视的类型划分为飞视、幻视、联视、归景灵视、归情灵视、归事灵视等。

除了以"灵视"定义想象,流沙河对想象还有一个解释,即把想象看作"一个人在生活中获得的种种印象之再组合"[②],这个说法与艾青所说的想象是"经验的重新组织"[③]有相似之处。不过,单从这几个字来看,似乎把想象解释得过于循规蹈矩和简单化,过于注重了想象与现实经验的联系,而忽视了想象的超常性。也许是意识到了这一点,流沙河进一步划分了印象再组合的方式,将想象分为现实主义和非现实主义两种,认为诗人既可以按照逻辑来进行合理想象,也可以不遵循规则来进行非合理想象。流沙河列举了许多非合理想象的诗作,并对这种诗艺表示了赞赏。一般而言,由于具有新奇性,非合理想象确实比合理想象更吸引人,由它形成的语句往往可以避免陈词滥调,造就新鲜的意象,给人以陌生的审美体验,甚至使人过目不忘。

在现实主义和非现实主义想象之外,流沙河还以想象的心理机制与修辞方式对其进行了分类,共分为五种:回想、联想、拟想、推想、聚想。前三种比较常用,剩余二种对读者而言稍微生疏。据他所言,拟想,就是用拟人拟物的方法产生的想象;聚想则是指聚集许多新旧印象,放在一起重新组合,开辟另外一片新的天地。在流沙河看来,无论哪一种想象都离不开对生活经验的积累,只有在已知的此岸囤积丰富的素材,才能更顺利地向未知的彼岸扬帆,不然想象就只能是无源之水,无本之木。

虽然流沙河认识到了非合理想象以及变形的重要性,但是与

[①] 袁明光:《论诗歌的灵视》,《学术论坛》1987年第6期,第41页。
[②] 流沙河:《诡怪的意象》,《文谭》1983年第5期,第38页。
[③] 艾青:《诗论》,人民文学出版社,1980年,第200页。

第一章　流沙河对诗学原理的独到认识与言说

较为先锋的理论家相比,他并未突出强调想象的主观性。鹿国治当时发文表示,用古典诗学的思接千载、视通万里等特点来要求想象,已经失之笼统,因为这样的想象都是"一般意义上的想象或联想,并不能保证具备创造性和想象的品格"[1],它们只是"一般具有现实的客观性和观照的直接性"[2],而这并不能用以说明当时新诗创造性想象、内心的观照和观感的性质。根据诗歌创作所出现的新特征,他将想象方式概括为五种:想象作用下诗的形象的大变形、想象作用下诗的形象间的大跨度、感觉的想象化——直观、超现实色彩的想象、辐射型的想象——自由联想。严格来讲,前两种是想象所形成的艺术效果,而并非想象的分类。不过,由此却可以看出鹿国治所突出强调的是主体真实、感情的逻辑、音乐美以及想象的"创造性",他的主要关注点在于诗歌艺术的现代化,与流沙河的侧重点有所不同。此前,袁可嘉在为《外国现代派作品选》所写的序言中,提炼了西方现代派的艺术特征,如"表现内心的生活、心理的真实或现实"[3]"自由联想"[4]等,鹿国治对"想象"特点及作用的论述与此多有重合。而流沙河对自由联想等观点的认同度并不高,他所分类的回想、联想、拟想、推想、聚想等想象方式,多依靠经验的逻辑,而非心灵的直觉。

二、想象是制造意象的动力

想象是诗性思维的重要特征,可以说,在创作诗歌的过程

---

[1] 鹿国治:《想象之于今日新诗》,《诗探索》1982年第4期,第156页。
[2] 鹿国治:《想象之于今日新诗》,《诗探索》1982年第4期,第156页。
[3] 袁可嘉:《外国现代派作品选第一册(上)》,上海文艺出版社,1980年,《前言》,第10页。
[4] 袁可嘉:《外国现代派作品选第一册(上)》,上海文艺出版社,1980年,《前言》,第16页。

中，想象是最重要的活动力量，是它发挥作用创造了诗歌中的意象。

　　流沙河指出想象是制造意象的动力，并理出了一个制造意象的流程，即客观的物象变为心中的意象再变为完成的意象。流沙河所说的客观的物象是指事物客观存在的本来面目，主要通过诗人的眼睛看到。心中的意象指客观物象在诗人头脑中形成的印象，促成这两者发生转变的主要因素是诗人的意识和潜意识。此时，心中的意象已经不完全与客观物象相同了，这是由于经过了诗人的主观加工，尤其是想象力的加工。最后一步完成的意象则指最终形成于文字的意象，从内心再次回到外界，此意象经过了想象的再度提炼，最终定型。在整个流程中，想象发挥主要作用的足有两个阶段，可见想象作用之大。

　　想象可以创造奇迹，叙述、描写、形容、比喻等手法达不到的地方，想象往往能够达到。雪莱曾说，"诗使它触及的一切变形"[①]，正是因为诗充分发挥了想象的创造性力量。北岛将看似没有联系的事物连在一起，写出了不合理想象的名句——"从星星的弹孔里，将流出血红的黎明"[②]，营造出奇特的意象。流沙河在自己的创作中也充分发挥想象力来制造意象。他的诗歌《天坛祈年殿》把祈年殿比作一只展开翅膀向蓝天飞去的大鸟，虽然意象并不出新，却使用了联想这种想象方式，令人眼前一亮。他自己曾提到这句话受到了《诗经·斯干》中"如鸟斯革，如翚斯飞"[③]的启发，可见正是联想推动了大鸟这个意象的形成。流沙河的《壁钉自叹》也通过想象将自己的命运形象化地展现了出来。在诗中，他把自己比喻成一颗钉在墙壁上的钉子，而自己的

[①] 段宝林：《西方古典作家谈文艺创作》，春风文艺出版社，1980年，第228页。
[②] 北岛：《北岛诗歌集》，南海出版公司，2003年，第22页。
[③] 柴华：《中华文化典籍精华 诗经》，黑龙江人民出版社，2004年，第243页。

第一章　流沙河对诗学原理的独到认识与言说

命运就像钉子一样被人无视、生锈。他渴望重生、渴望自由，但在那时，却只能等待，尽管他不甘等待。钉子这个意象与流沙河当时的境遇非常符合，诗中钉子的思念、钉子的做梦和生气，都来源于流沙河的想象。他的诗歌《寻访》则想象较为奇特，意象也不寻常。诗歌写的是流沙河所做的寻访旧友的一个梦，他在梦中呼唤朋友，却没有人回答，只听到"蟋蟀吟唱着忧愁"[1]"南斗六星劝我喝酒"[2]，看到"箕星则向我伸缩舌头"[3]，这些清冷的意象都不是在日常生活中常见的，而来源于流沙河的幻想和想象，它们为诗歌营造了愁苦的氛围，增强了诗歌的艺术感染力。不过，正如前文所言，流沙河的这些想象总体上都还有规律可循，属于他自己所言的现实主义的想象，与北岛的想象并不相同。

诗人们都喜欢作惊人之语，用想象让那些平凡的事物散发出奇异的光芒，这能够在无形中强化读者对写作对象的认识，加深诗中情绪的感染力。可以推测，若是写诗的过程中没有想象，诗人写出的将只有刻板的事实。

流沙河认为，虽说想象作用重大，但也不能毫无边际地幻想，更不能没有节制地滥用，尤其不应制造那些毫无意义的意象，或故意为显示自己与众不同而制造蹩脚的意象，这样只能使诗歌在表面上显得丰富、语句空灵，实质上却只暴露了写作者的空虚和经验不足。对此，流沙河提出了一点建议，也即在写作时要注意用理念和情感配合想象，将其融入意象之中，这样诗歌才有内容，也不容易陷入"泛理"和"泛情"的漩涡中。

---

[1]　流沙河：《流沙河诗集》，上海文艺出版社，1982年，第109页。
[2]　流沙河：《流沙河诗集》，上海文艺出版社，1982年，第109页。
[3]　流沙河：《流沙河诗集》，上海文艺出版社，1982年，第109页。

三、象外之象的产生需要想象

想象除了在诗人创作时发挥重要作用，在读者的阅读过程中也意义非凡。一首完整的诗歌除了作者呈现在读者面前的文字部分，还有一些未形成于文字的言外之意、象外之象等，这些都是需要靠想象才能体味的。据流沙河所言，他研究的"象外之象"，既不全是司空图所言的象外之象，也不全是言外之意，而是"艺术形象中的遮蔽部分"①，是有意留给观众去想象的部分。

流沙河首先区分了言外之意与象外之象，认为二者并不等同，但并没有明确二者的不同点在哪儿。通过他的举例、论述等推测，此处的不同应该是指二词的落脚点不同，一个在"意"，一个在"象"。其次，流沙河把司空图的"象外之象"也归入了言外之意的范畴中，认为它等同于韵外之致、味外之旨，指的就是理和情，跟"象"没有任何关系。虽然流沙河作出了如此区分，但客观而言，这三者并不能截然分开。因为象外之象也是为读者的更好审美服务的，它也可以阐释为某种意义，或者传递某种理趣、情趣，独立的、不表示任何意义的"象"几乎是不存在的。

流沙河借用绘画与书法艺术中的"飞白"来解释自己的象外之象，认为中国画崇尚留白，象外之象多在画面之内，欣赏者可以根据自己的意趣在空白处加入想象。同时，他还通过舞台布景来说明象外之象，认为中国的旧剧布景主虚，引导观众通过演员的动作来想象道具及情境，这种想象出来的虚景就是象外之象。另外，流沙河还比较了中西绘画的不同。他认为西方绘画虽然在绘制时将画幅都填满，但这并不意味着西方就没有象外之象，只是没有在画内而已。由此可以看出，流沙河所讲的象外之象，基

---

① 流沙河：《象外之象》，《星星》1984 年第 12 期，第 86 页。

第一章 流沙河对诗学原理的独到认识与言说

本是靠读者的想象力产生的,他侧重的角度是读者论。

以中国古典诗歌李白的《玉阶怨》、崔颢的《长干行》为例,流沙河分析了诗歌中的象外之象。两首诗的原文都很精练,只呈现给了观众最典型、最主要的场景及画面,但流沙河用散文的笔法为两首诗进行了扩充,认为"飞白填满了,画就看懂了"①。用莱辛的话来说,飞白就是"艺术家供奉给美的牺牲"②。流沙河认为:"诗人必须不怕'牺牲',把那些不属于诗人的钞票通通'供奉给美',或者'供奉'给散文家。如果不忍割爱,硬要把那百分之八十塞入诗中,变成内象,结果将是诗亡,写出来的只是一段散文而已。"③由此流沙河进一步研究了诗与散文的区别所在。他指出,语言精练与否、感情浓烈与否并不是二者的根本差别。从艺术形象的角度来说,诗和散文的形象结构方式,也即形象的展现方式是不同的:"一首诗的全部形象=内象+飞白(象外之象)。"④诗歌的象外之象比内象要多得多,需要读者的联想和想象才能体会得到,散文则内象铺陈更多,排挤飞白。

尽管在诗歌理论上,流沙河重视飞白,但是从诗歌创作看,流沙河则显得有些力不从心。他的诗歌语言朴素直白,诗意也并不深奥难懂,只有一些写景诗留下的想象余地较多,与"象外之象"说呼应。如《夜泛北海》一诗,写诗人与友人在夜晚泛舟:"小船飞上天了/在繁星间漫航/轻轻摇桨/不要惊醒了沉睡湖底的星光。"⑤诗歌营造了优美宁谧的意境,让人不由自主沉浸其中,眼前浮现出泛舟湖上的画面来,同时读者也会联想到船中友人的亲密无间:他们究竟说了什么话,使船儿都飞上天了?由此产生

---

① 流沙河:《象外之象》,《星星》1984年第12期,第90~91页。
② 莱辛:《拉奥孔》,朱光潜译,人民文学出版社,1979年,第16页。
③ 流沙河:《象外之象》,《星星》1984年第12期,第92页。
④ 流沙河:《象外之象》,《星星》1984年第12期,第92页。
⑤ 流沙河:《游踪》,黑龙江人民出版社,1983年,第3页。

象外之象。《山行》一诗，也能够给读者较为深长的回味，诗歌虽为现代诗，却用古代诗歌的形式写出，且虽然只写了涛声、小桥等景物，但是读者可以据此联想出山的大致面貌来。结尾句"空谷幽幽不见人/但闻伐木声"[①]，更显得余音袅袅，衬托出山的静谧和空阔。

除上述几点外，流沙河的诗学原理还涉及形象思维、诗歌的语言、节奏等方方面面，在此，暂将上述主要观点提炼出来做一些评论，以便读者了解流沙河诗学原理的大致面貌。总体而言，流沙河对诗歌本质的认识重视"象"，这呼应了新时期有关形象思维的讨论，体现出对长期以来直白诗风的反拨。将流沙河的观点与古典文论作比较，不难发现其对古典文学的继承性，他能够根据自己的阅读经验激活古典诗论，对于发扬古典诗论颇有意义和价值，而他对西方诗歌理论所带有的直觉性、主观性等的批评，正说明了他内心深处对现实主义诗学观念的坚守。

---

① 流沙河：《游踪》，黑龙江人民出版社，1983年，第5页。

第二章　流沙河的诗歌创作论

　　流沙河的诗歌创作论主要集中在《写诗十二课》和《悬壶说诗》中。前者主要以他自己的创作经验为基础，从诗歌怎样选题、结胎、立足一直谈到如何结尾，对诗歌写作过程中的各个阶段都做了详细的解析，并给初学写诗之人提出了建议。后者则通过"悬壶"二字，暗喻诊治诗歌之病，书中以收到的投稿以及学员的习作为例，批评了诗歌创作中一些常见的错误，如结构公式化、语句繁琐、模仿生硬、人称混乱等，并附上对诗作的修改稿，两相对比，以突出自己的观点。同时流沙河在每篇之后，开以四言打油诗处方，将"济世"之功效发挥得淋漓尽致。在此章中，笔者将创作论的内容分为诗歌的生发过程和结构层次两大板块，以方便论述。

　　流沙河对诗歌创作理论的关注，有着相应的社会历史背景。当时社会上诗歌爱好者众多，而对该如何写作诗歌、掌握诗歌的艺术技巧的探知就成为他们内在的需求。许多刊物都意识到了读者的求知欲，因此特别设置了学诗、诗歌艺术、诗人谈诗等栏目，关注如何写诗等创作论方面的问题。如《诗探索》的《学诗园地》《诗人谈诗》《诗艺谈》，《诗刊》的《读稿小扎》《假如你想做个诗人……》《诗歌问答信箱》，《星星》的《诗歌知识讲座》《诗人谈诗》等。这些栏目的设置初衷都或多或少透露出了读者对诗歌创作原理、诗歌艺术技巧的渴望。例如，《诗刊》的编辑团队就在《编后》中透露了《读稿小扎》栏目的设置初衷："这个同新作者'切磋琢磨'的小园地，是我们计划要办的辅导写作的栏目之一,怎样办好它,希望多听读者的意见。"① 一个诗歌爱好者给《星星》写信,希望刊物增加几个专栏:"诗人爱读的诗;诗人最喜欢什么诗集;诗人的处女作;有影响的诗人的简历、创作格言,等等,这样的专栏对青年作者是很有启发和教益的"② 以及"一首好诗的创作过程的介绍或体会文章"③。《星星》原本设置《诗人谈诗》栏目,是为了让大家了解老诗人的近况,但是有读者来信指出栏目应该为提高青年诗人的写作水平而努力:"为了使我们这些努力学习写诗又苦于写不好诗的青年人得到切实帮助,逐步提高写作水平,建议你们开辟诗歌习作园地,请老诗人谈写作技巧,或结合自己的创作谈谈写诗的体会以便让青年诗人从中借鉴。"④ 为此,《星星》专门进行了回应,表示刊物"将继续办好《新星》《诗坛新一代》《诗歌欣赏》《诗人与生活》《诗人书简》等栏目,作为发表和辅导他们进行诗歌创作的园地"⑤。由此可见,诗歌启蒙工作在这一时期的需求很高。

在这一背景下,流沙河的《写诗十二课》《悬壶说诗》等将诗歌创作过程朴素、细致地呈现在读者面前,能够成为满足广大习作者需求的、进行诗歌启蒙的诗歌写作教材。

第一节 显于心——诗歌的生发过程

流沙河在谈创作的十二篇文章里,阐述诗歌生发过程的篇章有结胎、动情、显象。这三篇文章重点讲解了诗人的创作缘由、

---

① 《编后》,《诗刊》1980年第8期,第64页。
② 何克俭:《一些批评建议》,《星星》1980年第6期,第111页。
③ 何克俭:《一些批评建议》,《星星》1980年第6期,第111页。
④ 冯玉钧:《应该帮助诗歌青年》,《星星》1980年第11期,第111页。
⑤ 《编后》,《星星》1981年第1期,第112页。

第二章　流沙河的诗歌创作论

创作情态、创作能力等，例证丰富，论据充足，通俗易懂，让我们清晰地了解了一首诗歌从构思到跃然纸上的过程。

　　流沙河认为，人生活在这个社会上，无时无刻不受到外界事物的刺激，而这些感受他不得不接受，在这些感受进入人的内心后，就会自然地激起情绪，这就是诗歌的结胎、动情原理。所谓"结胎"，就是指诗人为什么会想要写这样一首诗，以及这首诗的创作缘由是什么。流沙河指出，由于诗人受到了外界的某种刺激，有感而发，才促成诗歌的结胎，他将这个过程比作珍珠的结胎：如珍珠贝类一样，由于细沙漂进壳体、擦伤肌肤，形成胚胎。流沙河总结，引起诗人擦伤的"细沙"有三种：意念、意象、佳句。一般而言，诗人受到这些灵感的触动启发，就会有感而诗。

　　意念相当于主题思想，诗人想好了要写的主题，进而演绎成一首诗。流沙河以朱自清的《光明》为例，说明了意念的结胎原理。该诗写于五四时期，大意是说，一个人在风雨交加的黑夜里找不到前行的路，于是乞求上帝给自己一些光明，但上帝却说"你要光明，你自己去造"[①]。流沙河分析，这最后一句应为朱自清写诗的初衷：朱自清是先有了这样的想法，然后才写了《光明》这首诗。流沙河对朱自清诗歌结胎原因的揣测是建立在自己的创作经验基础上的。如前文所言，流沙河在受访时表示，写《草木篇》的时候政治宣传热情和干预生活的热情很高，落笔时考虑得更多的是革命者的人格问题，目的也是讽刺社会中的某些现象。他的《草木篇》《草木新篇》及《草木余篇》大都可看作意念结胎的诗歌。以《白杨》一诗为例："她，一柄绿光闪闪的长剑，孤伶伶地立在平原，高指蓝天。也许，一场暴风会把她连根拔去。但，纵然死了吧，她的腰也不肯向谁弯一弯！"[②] 流沙

[①]　朱自清：《朱自清精品集》，大众文艺出版社，2009年，第2页。
[②]　流沙河：《流沙河诗集》，上海文艺出版社，1982年，第100页。

河应当是先提炼出了白杨的特质,也即宁死不向别人弯腰的特点,然后才写出了这首诗。其他诗歌对藤、竹等的描写也可作如是观。照此来看,意念起步的诗歌一般是主题非常鲜明的诗歌。

由意象和佳句促成结胎,则是指诗人想到了好的意象或一个妙句,由这二者生发开来,成为一首诗。流沙河认为艾青的《西湖》是由意象结胎的诗歌,把西湖比作月宫掉落的镜子,意象优美。而由佳句结胎的诗歌,则如何其芳的《河》,流沙河认为这首诗结胎于"没有水的地方就是沙漠"[①]"没有声音的地方就是寂寞"[②]这两句话,因为诗歌的两段就是由这两句话统领的。流沙河指出,佳句结胎不仅可以是自己想到的佳句,也可以是源自别人的佳句,比如他自己的《就是那一只蟋蟀》,实际上是受到了余光中先生的一句话启发而作成的。余光中先生曾说他在海外听到蟋蟀叫,会以为是在四川乡下时听到的那一只。流沙河受到触动,就写了这首诗,诗的每一段都以"就是那一只蟋蟀"[③]开头,写出了蟋蟀在唐诗宋词中的痕迹,在童年里的踪影,在海峡两岸的鸣叫;写出了蟋蟀给中国人带来的乡愁。总体而言,对意象、佳句结胎的总结依旧是来自流沙河自身的创作体验。

流沙河认为:"初学写诗者宜先从意念起步,宜后学从意象起步。循序渐进,利莫大焉。"[④] 对于初学者来说,他的建议具有一定的操作意义,就像写命题作文一样,有了主题思想,扩充内容就会容易些。不过他的论述也存在不尽完善之处,主要在于若仅以自己的创作体验去推想其他作者的写诗过程,可能会导致错位。诗人的创作过程是复杂的,如果读者仅依靠诗歌大意臆测结胎缘由,终究隔了一层,看不透彻。如流沙河对朱自清、艾青

[①] 何其芳:《何其芳全集(第一卷)》,河北人民出版社,2000年,第407页。
[②] 何其芳:《何其芳全集(第一卷)》,河北人民出版社,2000年,第407页。
[③] 流沙河:《故园别》,四川人民出版社,1983年,第121页。
[④] 流沙河:《结胎》,《星星》1983年第2期,第92页。

第二章　流沙河的诗歌创作论

等所作诗的阐释，虽然分析得很到位，但也只能算是个人主观看法。按照他的划分方法，每个人都可以根据自己的理解来描述诗歌结胎的方式，如我们可以把曾卓《悬崖边的树》看作意象起步的诗，因为整首诗中"树"这个意象非常符合主人公所处的环境："不知道是什么奇异的风/将一棵树吹到了那边——/平原的尽头/临近深谷的悬崖上//它倾听远处森林的喧哗/和深谷中小溪的歌唱/它孤独地站在那里/显得寂寞而又倔强//它的弯曲的身体/留下了风的形状/它似乎即将倾跌进深谷里/却又像是要展翅飞翔……"① 也可以把徐志摩《再别康桥》看作佳句结胎的诗歌，因为全诗都回旋着"轻轻的我走了，正如我轻轻的来"② 的低吟。但事实上作者本人到底是如何结胎的，我们并不能断定：徐志摩《再别康桥》也可以说是意念结胎，由于诗人在内心对康桥恋恋不舍，才围绕这个主题写了这首诗。而且，作诗还存在着另外一种情况：作者只是受到了外界的触动，引起了某种情绪，但还未想起某个意念、意象或佳句，就已经开始下笔作诗了。如李白写诗倚马可待，郭沫若写诗处于迷狂状态等。在诗学原理中，流沙河也提到过这类诗歌，如元稹《遣悲怀》，但在这里他却忘记了。对于这些诗，我们其实很难判断这三个因素是哪个先出现的，只能根据已完成的诗歌来进行臆测。相较之下，谢冕在《诗人的创造》中有对诗歌"先得之句"③ 的论述，与佳句结胎相似。不过谢冕在论述时，引用了作者本人所言的创作过程为论据，显得更加可信。

虽然流沙河的这种逆推方法不够准确，但它还是较为符合一般的艺术构思规律，并为读者提供了一个揣摩作者创作缘由的途

---

① 曾卓：《曾卓文集（第一卷）》，长江文艺出版社，1994年，第123页。
② 蒋复璁、梁实秋：《徐志摩全集（第二卷）》，中央编译出版社，2013年，第177页。
③ 谢冕：《诗人的创造》，生活·读书·新知三联书店，1989年，第141页。

径。从写作的角度看，他对结胎的论述，清晰明了，非常有利于诗歌初学者入门。

按照对诗歌的一般认知，讲完"结胎"就应该讲"动情"了，因为结胎的过程就是有所触动的过程，就算流沙河所说的意念不含某种感情，至少"动情"也应该和结胎同时发生。但事实上在流河沙的创作理论中，"动情"这一篇却放在立足、搭架、起头之后，这就不得不迫使笔者追问"动情"在流沙河创作论中的地位。

所谓情动于中而形于言，流沙河认为"由感而情，由情而诗"[①]，是诗歌自然而然的程序，主动燃起感情才能离写诗更近一步，如果情绪受到触动，却不管不问，那么诗情就会熄灭。同时，他指出："动情在先，下笔在后，这当然是再好不过的了。"[②] 借用郭沫若动情难以自制而写诗的经历，流沙河论证了先动情后下笔的重要性。若照这种认识，流沙河应该将"动情"这篇文章置放于立足、搭架、起头之前，但事情并未按照这样的脉络发展，流沙河又转折了："晚辈庸才如我者，从来没有雄姿英发过，更不会在下笔以前动情如此。就算偶有一二幸获献丑之作，回想起来，都是在下笔以后才逐渐动情的。对一般初学者，要求他们动情在先，下笔在后，那是苦人所难。真能做到先有感受，下笔以后逐渐动情，对他们说来，就很不错了。"[③] 由此可见，流沙河并不是没有意识到情之于诗歌的重要性，只是鉴于先动情后下笔的难度，才建议初学者先下笔的。也许迷狂的状态确实可遇而不可求，流沙河的建议确实降低了学诗的难度，不过其弱点在于容易在一开始就将初学者引入阐释概念的道路上去。

---

① 流沙河：《动情》，《星星》1983 年第 6 期，第 94 页。
② 流沙河：《动情》，《星星》1983 年第 6 期，第 94 页。
③ 流沙河：《动情》，《星星》1983 年第 6 期，第 94 页。

对于如何动情于笔下，流沙河也提出了切实的建议。他认为在写诗时，必须排除环境的影响，对于眼前各种纷繁复杂的事物，只要跟自己的诗歌无关，就都应做到视而不见、听而不闻，视听寂然、心如止水。他所强调的写作状态，正如刘勰在《文心雕龙·神思》篇中所谈："是以陶钧文思，贵在虚静，疏瀹五藏，澡雪精神。"[①] 如果三心二意，便很难集中精神进行思维活动。写作过程正如醒着做梦一样，最忌梦被打断，只有完全入梦，才能充分调动感情，在灵视中复活要写的场景，进而写出感人的佳作。这个做梦的过程其实就是"显象"的过程，对于流沙河而言，显象和灵视是相通的，要想使"象"在头脑中显现，就必须发挥灵视的作用，"显象于心"就是指在脑海中搜集、召唤之前存储的经验、素材，进行筛选，并抓稳它们。

从结胎、动情到通过灵视显象，构成了一首诗完整的生发过程。借助丰富的诗例，并结合自己的写作经验，流沙河让我们大致清楚了诗是如何在内心生发的。他所提出的先从意念学习写诗、先下笔后动情的建议，看似与一般的写诗规则不符，但对于初学者来说，不失中肯。当然，如果过了初学的阶段，就可能会被他提出的这些程序束缚。

第二节 成于纸——诗歌的结构安排

在心中有了构成诗歌的大致内容后，接下来就该把诗歌形于言、写于纸了。在这些过程中，流沙河关注较多的是诗歌的结构问题，他的搭架、组象、分层、跳层等篇章，无一不与结构相关，涉及诗歌的起承转合、横纵组象规律、内在层次等。诗歌的结构看似是形式上的问题，其实它与诗歌的内容紧密相连，关系

---

① 陆侃如、牟世金：《文心雕龙译注（下册）》，齐鲁书社，1982年，第85页。

着诗歌的逻辑、诗歌的内聚性、诗歌的艺术效果等，必须予以充分重视。

　　流沙河认为，在安排结构之前，首先得把头脑中的形象写成可视的语言文字意象。他把情感"形于言"的道路分为三条：赤裸裸地"形于言"、寓情于理、溶情于象。据他评价，第一种是直抒胸臆，但感情抒发太多就成了宣泄；第二种则容易陷入道理宣讲；第三种的诗艺要求更高。这样看来，他所言的第三种方式与"成象"的关系更为紧密。在《成象》一文中，流沙河着重指出了三点：第一，应该以艺术的方式处理个人经验范围内的印象；第二，应该创造独创性的意象，而不是借用通用意象；第三，写意象应该用"意象语"[①]，少用陈述、推导、概括、修饰等语言。他还要求意象语至少应有五感：具象感、立体感、色感、声感和新奇感。在今天看来，流沙河所提出的都是诗歌创作的一般要求，并不是特别深奥。不过在诗歌恢复的20世纪80年代，他的这种要求并不容易做到。以流沙河自身的诗歌《花荷与藕荷》为例，他虽然并未进行情感的宣泄，却陷入了道理宣讲："一个嫁在芳园，/能开红艳艳的娇花。/一个嫁在田塘，/能长白嫩嫩的肥藕。/花有花的好，/藕有藕的好。/既不能要求开花的有好藕/也不能要求长藕的有好花。"[②]

　　在论述中，流沙河批评了初学者容易犯的毛病，如不舍得丢弃、修改个人经验范围内的印象，使用意象过于随意等，对于这些错误的针对性指出有利于初学者围绕主题展开联想，避免过分跳跃。

　　"象"有了，还得在心中有个整体架构，才能更有条理地写下去。为了方便初学者入手，流沙河认为，可以参照起承转合的

[①] 流沙河：《成象》，《星星》1983年第8期，第101页。
[②] 流沙河：《流沙河诗集》，上海文艺出版社，1982年，第153页

第二章 流沙河的诗歌创作论

搭架方法。起承转合本来是八股文的一种架构方法,并不为五四新诗人所接受,但流沙河却指出,新诗结构与旧体诗的起承转合之间有相通和承继之处,"起承转合的四段法来源于文人的写作实践,是实践经验的总结,它与任何主义无关"[1]。"你不接受也得接受,你不公开接受也得暗中接受。"[2] 换句话来说,起承转合是一种难以用主观抵抗的客观法则。流沙河用这个理论去分析了早期的新诗,如冰心《纸船》、刘半农《教我如何不想她》、臧克家《老马》等,认为这些诗都符合起承转合的结构,西洋诗也不例外。而他之所以强调这个规律,也是为了使初学者在作诗时有所把握。

由于起承转合思维规律具有强大惯性,流沙河建议初学者以之为参照妥善搭架,先想好整体布局、提纲,再下笔补充。流沙河还以自己的创作体验告诉学诗者,应该怎样把头脑中纷繁复杂的材料整理出来。他认为在情绪激动时,应把想到的佳句、形象等都记在纸上,以免忘记。待到冷静之后再给这些材料分类,看看哪些适合做开头、哪些适合做结尾,最终使诗歌成型。这个方法可以帮助学诗者好好应对灵感的"突袭",避免突涌而来的意象、语句等转瞬即逝。客观而言,流沙河的认识较为宏观,不能分析一些特殊的诗,例如北岛的《生活》(仅有一个字),但对于大部分诗歌的内在逻辑而言,都是可以适用的。同时,它对于初学者把握材料有较大的指导性,可以帮助他们迅速建立起诗歌的结构框架感,避免过于跳跃和玄虚。但与此同时,从诗歌的外在形象要求上来讲,这种写作方法容易忽略意象和语言的跳跃性、超常性,造成诗歌的平铺直叙。

当然这并不意味着流沙河就倾向于平铺直叙,对于这一现

---

[1] 流沙河:《搭架》,《星星》1983年第4期,第90页。
[2] 流沙河:《搭架》,《星星》1983年第4期,第88页。

象，他还是力劝初学者避免的。不过，他也并不赞同过度跳跃，在"组象"中，他对于如何处理过度跳跃与平铺直叙的关系提出了意见。

如果说起承转合是诗歌的整体结构问题，而"组象"则关涉更为微观的结构问题，也即如何放置材料的问题。流沙河将组象规律总结为"纵向组象"和"横向组象"。前者按照时间序列组合意象，后者则按照空间序列组合意象；前者易学却容易平铺直叙，后者难学但写出的诗歌却不易理解。以流沙河自己的诗歌为例，他采用纵向组象的诗如《夜捕》，按时间顺序写了儿女拉他去园中捕捉蟋蟀、捕获八九只后装入瓶中、看到蟋蟀的残躯感到悲哀这三件事情（包括情绪）。采用横向组象的诗如《了啊歌》，横向罗列了社会上许多倒退的现象，"宾馆越修越高了啊/筵席越吃越妙了啊……/读书越读越穷了啊/写诗越写越空了啊"①，诗歌每一句都换一种事物描述，让读者直观地感觉到社会风气的每况愈下。

按照流沙河的理解，纵向组象、横向组象与平铺直叙、过度跳跃在某个层面可以形成同构关系，因为对他而言，前者容易理解是因为逻辑联系容易被发现，后者不易理解是空间跳跃过大导致逻辑关系难以被发现。显而易见，对于初学者来说，前者肯定更为合适。但是，为了"扩展诗思"②，流沙河认为也应该学习横向组象。不过从总体上来说，流沙河认为两者的关系不应是一方压倒另外一方，他既不喜欢"象"超过"意"而毫无意义，也不希望"意"压倒"象"而成为啰唆。其实，意、象是辩证的关系，正如一盘美丽的珍珠，若缺乏绳的贯串，就只能散乱一地，而不能为人所用；反过来珍珠之间若被串得毫无间隙，则又容易

---

① 流沙河：《独唱》，花城出版社，1989年，第180页。
② 流沙河：《组象》，《星星》1983年第9期，第95页。

陷入平铺直叙的陷阱。事实上,"象"的组合方式还可以按照语义的逻辑顺序划分,并不一定囿于时空、横纵两类方式。如流沙河的《宝鸡旅次题壁》:"被一个人误解了/这是烦恼/被许多人误解了/这是悲剧。"① 这是一首说理诗,诗歌内部的时间和空间序列并不明显,它们的组象实际上是按照诗人想要表达的意义顺序排列的。

只有组象精简合理,才能使诗歌层次明晰,因此组象与诗歌的分层密切相关。流沙河将诗歌的结构分层划分为相似与不相似两种。相似分层指用相似层面结构成章,说得直白一些,即每段甚至每句的结构都类似。如流沙河《妻颂》,第一章每一句都是"爱我……",第二章则每一句则都是"爱你……"。余光中的《乡愁》《民歌》也是采用相似分层成章,层层紧逼,形成由浅入深、由弱到强的艺术效果。流沙河用"内聚力"来形容这种结构的效果,认为相似分层加强了诗歌结构的内聚力,是克服散文化的好方法。这个结论不错,但深究起来,似乎又有些似是而非。《妻颂》虽然使用了相似分层的手法,但是细读起来,内聚力却并未达到预期。追问起来,可能是由于他罗列了太多的细节,光"爱我……"开头的句子就有七十多个,虽然排比气势很强,但句与句之间缺乏变化,缺乏递进关系,尽管感情深厚,也不免被审美疲劳拖累。由此可见,相似分层的使用也应该有限度。流沙河认为,不相似分层在诗中比相似分层更常见,它同样要求结构的紧凑,而要做到这一点,就应该遵守三点要求:"一要立意明白具体,二要成象清晰准确,三要组象精简合理——这一条最重要,与分层有直接的关联。"② 前两点与诗歌的内容相关,后一点则主要是形式的问题,从内容与形式两方面论述结构,说明流

---

① 流沙河:《流沙河诗集》,上海文艺出版社,1982年,第108页。
② 流沙河:《分层》,《星星》1983年第10期,第95页。

沙河考虑得比较全面。

有分层就会有断层，正如前文提到的"跳梯"一样，流沙河意识到，诗歌结构也有"跳层"。在对这一现象进行分析时，他再次使用空间和时间的分类维度，将横向组象内的跳层，也即意象并列起来的跳跃定义为横跳；将纵向组象内的跳层也即时间序列内的跳跃，定义为纵跳。

在学习如何组象、跳层上，流沙河建议初学者从纵向的序列开始学起，再练习横跳，因为前者更容易入手，也符合一般人的思维习惯。不过，他也建议诗人多学一点横向组象、横跳，因为它们能够用同时异空的场景扩大诗歌的空间背景，用极少的文字来表现极丰富的内容。

在跳跃的过程中，流沙河始终强调"一个确定的清楚的意念"[①]的重要性，他认为若缺乏主题思想的贯连，无论怎样跳都只是乱跳。这样看来，跳跃与否的根本并不在于时空的差别，而在于逻辑之间的断裂与否。归根结底，时空序列都可归入逻辑顺序，按照这两种方式进行组象均无法忽略诗歌的内在逻辑（无论是情绪的或理念的），这样不管怎么跳跃，都不会显得混乱。但是这又并不完全等同于流沙河所说的"确定的清楚的意念"，而是说意象的背后要有一定的关联，哪怕这种关联比较稀微、潜藏得比较深。

流沙河在上述篇章中主要教给初学者的是如何整体安排诗歌的框架和层次结构，对于开头、结尾这两个重要组成部分，他则又从相对微观的角度具体讲述了其写法。

为方便初学者理解，流沙河以修辞手法、叙述方式等为分类依据，专门总结了诗歌开头的十二法：兴起、比起、正起、反起、顺起、倒起、缓起、急起、绕起、疑起、叠起、泛起。他以

[①] 流沙河：《跳层》，《星星》1983年第11期，第98页。

第二章　流沙河的诗歌创作论

具体诗歌为例分析了这些方法的长处与短处,为学诗者提供了良好的参考。上述分类其实并不完全科学合理,彼此之间有一定重叠之处,以舒婷的《致橡树》的开头为例,它既符合反起之法,也符合叠起之法。因为在诗歌开头,舒婷先写了许多"我"不学的事物,如凌霄花、鸟儿、泉源等,后来才指出自己要做的事物———一株木棉,这既带有流沙河所谓"开门不见山"的反起特征,又带有"层层铺垫,逼向正题"①的叠起特征。再以《王贵与李香香》为例,它的开头为"中华民国十九年/有一件伤心事出在三边"②,我们既可以说它是顺起,也可以说是缓起,因为按时间顺序写是顺起,而娓娓道来的语调则符合缓起。另外,绕起和兴起也有些类似,二者都是先说别的东西,再转入所咏之辞,故流沙河虽然对二者作了区分,但从其所举之例《将进酒》来看,二者并无明显区别。

关于诗歌的结尾,流沙河有一个总的观点,那就是意尽篇结,不画蛇添足。他把结尾方式分为三类:近结、远结、环结。近结就是顺着整首诗的意思说完,不往远处扯,流沙河的诗歌大部分都是近结。如《理想》,前面描绘了理想的种种作用,最后自然而然地启发读者乘上理想的马,扬鞭启程:"理想开花,桃李要结甜果;/理想抽芽,榆杨会有浓荫。/请乘理想之马,扬鞭从此启程,/踏上春色正好,天上太阳正晴。"③ 而远结则是将话语扯到远处,只在内在逻辑上与前面内容紧密相连。如流沙河的《夜读》就可称作远结:他读书正读到尽兴时灯油没了,不得已只得睡下,但却睡不着,心里依旧怀着对书的念想。不过流沙河没有直写这种念想,而是以"鸡声四起难入睡/墙缝月窥我/弯弯

---

① 流沙河:《起头》,《星星》1983年第5期,第89页。
② 李季:《王贵与李香香》,人民文学出版社,2000年,第3页。
③ 流沙河:《流沙河诗集》,上海文艺出版社,1982年,第234页。

一把梳"① 结束,将视线拉到月空中。看似与读书已无联系,事实上则是写意犹未尽的读书感觉。如果将这两首诗作比,可以发现远结留下的回味更多。环结,顾名思义就是结尾和开头连接起来,组成了一个圆环。如闻一多的《洗衣歌》,开头和结尾都是:"(一件,两件,三件,)/洗衣要洗干净!/(四件,五件,六件,)/熨衣要熨得平!"② 给人以无穷无尽之感。徐志摩的《再别康桥》也用了环结,让人感受到诗人的不舍与踌躇。比较三种方法可以发现,近结最易把握,但不像远结那样可给人以遐想和回味,环结则据不同的诗有不同的艺术效果。

此外,流沙河还研究了诗歌的时态、内在视角,也即"时空坐标"问题,流沙河将诗歌的立足点分为外在立足点和内在立足点两类。前者指的是诗歌的写作时间;后者则指作者诗意的立足之点,不可随意跳动。如一个人在写回忆录时,现实中的时空和诗中的时空是不一样的,诗中的时空就属于内在立足点。流沙河认为,时空坐标对一首诗的整体结构有着较大影响,是诗歌内在逻辑的体现,他建议初学者最好不要跳跃得太厉害,而应踩稳内外两个时空。在流沙河看来,处理好诗歌内部的时空关系,立稳时空坐标,才能使诗歌逻辑层次分明,进而为组象、跳层做准备,也为合理安排诗歌结构、增强结构的艺术效果打好基础。

总体而言,尽管写诗的过程充满了不确定的主观因素,但流沙河做到了将其客观化。他将一首诗从选题到结尾的过程拆碎、分解,以通俗的语言讲述一些专门的概念,为初学诗歌者提供了一本写诗的入门"教材"。此外,流沙河的《悬壶说诗》批评了初学者的几个普遍性问题:公式化、夺去物性、情感虚假、表述

---

① 流沙河:《流沙河诗集》,上海文艺出版社,1982年,第135页。
② 闻一多:《闻一多全集(第一卷)》,湖北人民出版社,1993年,第163页。

累赘、雷同等，这也为初学者提高诗歌写作水平提出了有益的建议。

第三节　诗画关系

诗画关系是中国诗学理论中的重要命题，其中苏轼的相关论述最具代表性。苏轼认为"诗画本一律，天工与清新"①，"古来画师非俗士，摹写物象略与诗人同"②，"古来画师非俗士，妙想实与诗同出"③，将想象、模仿、自然率真等视作赏析诗与画的共同标准。同时，他在《书摩诘蓝田烟雨图》中指出，"味摩诘之诗，诗中有画；观摩诘之画，画中有诗"④，认为王维的诗歌在诗画融通上达到了相当高的水准。这些观点深刻地影响了后来的诗学论述，即使到了新诗理论中仍然绵延不绝。

流沙河也曾专门写了几十篇短文论证诗画之间的关系，与古典诗学命题一脉相承的是，流沙河的关注重点也在于诗歌内部景与情、形似与神似的关系，目标则是追求二者更完美的融合。不过有所区别的是，传统的诗画论是将二者视作两种不同的艺术门类，并没有区分一首诗内部的异质性，而着重于沟通它们彼此的长处；而流沙河则将同一首诗在内部分割为画与说两部分，分别对应景、情（理），"画"也就成了诗的一部分。

流沙河认为，一首诗的结构可以分为两个部分，也即"描写

---

① 苏轼：《苏轼全集》，王文浩注，于宏明点校，时代文艺出版社，2001年，第1616页。
② 苏轼：《苏轼全集》，王文浩注，于宏明点校，时代文艺出版社，2001年，第303页。
③ 苏轼：《苏轼全集》，王文浩注，于宏明点校，时代文艺出版社，2001年，第2062页。
④ 苏轼：《苏轼全集》，王文浩注，于宏明点校，时代文艺出版社，2001年，第5120页。

和叙述"①，前者指画，后者指说，画一画，说一说，一首诗就可以做出来。他认为，《诗经》中的比兴就是画画，赋则一般是说，通常而言，画在前，说在后，"见景生情、睹物生感，景物是画出来的，情感是说出来的"②。从流沙河所举例的《周南·桃夭》《小雅·采薇》《唐风·葛生》等篇章来看，这种以画与说来阐释诗歌内部组成的方式，将诗歌中景、情的关系解释得非常清楚。同时，流沙河还指出了景物与情感存在的对应关系，比如用桃花配婚事，用葛藤乱缠暗示烦忧等，对初学写诗者学习选择景物十分有益。不过，如果要将流沙河这种对诗歌的定义上升为一种理论，不免存在简单化的嫌疑，是不是画一些景、说一些情就成为诗歌了呢？这一问题值得我们思考与追问。

在如何使用"画面"上，流沙河以《离骚》为例，认为该篇楚辞虽然以"说"为主，但是结尾却展示了一幅画面，给人留下深刻的印象，他赞美"屈原真是大手笔，他把一个剧烈的矛盾悬在空中"③。同时，他指出《敕勒歌》一诗赞美乡土"只画画，比我们这些写诗的聪明多了"④。由此可见，流沙河非常重视画面在诗歌中所起的作用。但是这并不意味着他就否定了"说"的艺术效果，与此相反，他首先指出，全是"说"的诗歌也可以写得很好，如李绅《悯农》、罗隐《雪》、孟浩然《春晓》等；其次，他认为先说后画的诗歌，会在"画"里面藏着"说"的成分，这会使诗歌变得"更深沉些、更有趣些，也更难写些"⑤。应该指出，流沙河重视的隐藏成分，其实就是画面带来的余音，所以客观而言，"说"之艺术效果的发挥离不开画面。此外，他

---

① 流沙河：《十二象》，生活·读书·新知三联书店，1987年，第3页。
② 流沙河：《十二象》，生活·读书·新知三联书店，1987年，第4页。
③ 流沙河：《十二象》，生活·读书·新知三联书店，1987年，第8页。
④ 流沙河：《十二象》，生活·读书·新知三联书店，1987年，第16页。
⑤ 流沙河：《十二象》，生活·读书·新知三联书店，1987年，第64页。

认为《春晓》一诗没有视觉画面也不太切合实际，读这首诗还是能引人联想起落花的画面的。不过，流沙河的结论——"全是说的诗不容易写好"①却是非常有道理的，因为这种诗最容易陷入说教的泥淖。

在具体怎样画上，流沙河重点讲述了如何画女性美的问题。他把女性的美分为体态美、意态美两种，前者主要是外在的，后者则主要是内在神态方面的。他认为后者更难画、更能体现诗人的水平。基于此，他指出，杜甫在《丽人行》中"细致地描绘了她们的'肌理细腻'、'骨肉匀（称）'，而且连她们头上戴的，身上穿的，腰间围的，都很细致地画到了。这样还嫌不够，补充一句她们都是'态浓意远淑且真'的。杜甫一共用了八句直接描绘她们的美，实在吃力，这种美就说得出来。可是这八句'说得出来'的远远不如那一句'说不出来的'"②。可见，流沙河更重视意态美。不过，对于他而言，体态和意态并不矛盾，他很欣赏《佳人》的结尾，认为诗句有"体态美，但又透露出意态美——表现出她那高洁的灵魂与经冬不凋的翠竹为伴"③。若以理论的角度视之，流沙河所总结的体态与意态、实画与虚画，其实和古典文论中的实写与虚写、形似与神似是一致的。在诗歌中，"实"由于拘泥于物体本身，不能如"虚"一样，或侧面出之，或蕴含深意，因而往往不能达到"虚"的美学效果。古典诗歌理论多言"取形不如取神，用事不若用意"④，就是在讲应重神遗形。流沙河继承了这种观点，他认为可以工笔画画，但是不能工笔写诗，因为"无论画得多么准确，多么具体，都无助于展示灵魂与刻画

---

① 流沙河：《十二象》，生活·读书·新知三联书店，1987年，第65页。
② 流沙河：《十二象》，生活·读书·新知三联书店，1987年，第36页。
③ 流沙河：《十二象》，生活·读书·新知三联书店，1987年，第32页。
④ 邹祗谟，《咏物取形不如取神》，载自尹贤选编：《古人论诗创作》，中国书籍出版社，2020，第241页。

情性，相反地使读者无动于心，不耐烦去细读"①。

此外，流沙河还重点强调了两点：一是画面的音响效果。他认为"诗中的音响往往附丽于画面，使画面有声，让读者耳眼并用，加深印象"②。二是画面中色彩的象征意义。他认为色彩的选择要和诗中的情绪相呼应，赞赏王维取景"全都溶有他的心境在内。他不写'纯'风景，他把自己的人生观都写到风景里去了"③。

在流沙河讨论诗中有画的同时，一些诗论家已经跳脱出意境的画面美，开始转向对诗与音乐关系的强调，如孙绍振、钟文等。孙绍振提出，"新诗的很大一部分是讲究激情的抒发的，早已冲破了意境的美学原则"④。钟文则明确提出，"诗中有画，画中有诗……诗画之间的渗透综合变成了等同一律，这种认识容易使诗向画靠近，是一种倒退"⑤。他着重强调要重视时间性的音乐美，降低对空间性的画美的关注，倡导诗歌的流动性、动态性。其实，音乐美、绘画美二者之间并不存在根本矛盾，这些诗论家提出音乐美主要是为了强调诗歌的主观抒情性，以情绪线索为依据，给一些过于跳跃的诗歌提供理论支持。不过流沙河显然志不在此，他关注诗画关系的目的不在于重新认识诗歌的本质，而恰恰是为诗歌的意境美提供理论支持。

第四节 真、善、新的诗歌创作追求

在对诗歌艺术技巧、结构形式进行论述的同时，流沙河在创

---

① 流沙河：《十二象》，生活·读书·新知三联书店，1987年，第37页。
② 流沙河：《十二象》，生活·读书·新知三联书店，1987年，第50页。
③ 流沙河：《十二象》，生活·读书·新知三联书店，1987年，第72页。
④ 孙绍振：《给艺术革新者更自由的空气》，《诗刊》1980年第9期，第51页。
⑤ 钟文：《诗辨》，《诗探索》1984年总第10期，第1页。

作论中凸显了真、善、新这三个创作追求，这些观点并不如十二象、十二课那样成体系，而是散见于各个篇章之中。

一、真——重视真情实感

真情作为诗歌本质的要素之一，向来为我国历代诗论所重视。庄子有言："真者，精诚之至也，不精不诚，不能动人，故强哭者，虽悲不哀；强怒者，虽严不威；强亲者，虽笑不和。"① 说明了真情的表现和作用。明代的性灵说也推崇真情，焦竑主张诗歌创作应当发乎自然，如果情感不够深厚真诚，就"无以惊心而动魄"②。

在新诗诞生时期，新文学的先驱者以"真"作为挑战旧文学的突破口之一。胡适"八不主义"中的言之有物、不做无病之呻吟皆与真实有关。陈独秀在《文学革命论》中高扬在"文学革命军"大旗上的三大主义之一就以"真"和"诚"为要素："推倒陈腐的铺张的古典文学，建设新鲜的立诚的写实文学。"③ 刘半农也专门强调"真"之于诗歌的重要性："可见作诗，本意只须将思想中最真的一点用自然音响节奏写将出来，便算了事，便算极好。……可怜后来诗人灵魂中本来没有一个'真'字，又不能在自然界及社会现象中放些本领去探出一个'真'字来，却看得人家做诗，眼红手痒，也想勉强胡诌几句、自附风雅。于是真诗亡而假诗出现于世。"④

流沙河也十分重视真情，这一方面来源于他对诗歌传统的

---

① 张耿光译注：《庄子全译》，贵州人民出版社，2008年，第467页。
② 焦竑，《雅娱阁集序》，载自郭绍虞主编：《中国历代文论选》，中华书局，1981年，第353页。
③ 陈独秀：《文学革命论》，《新青年》第二卷第六号，1917年2月，第1页。
④ 刘半农：《诗与小说精神上之革新》，《新青年》第三卷第五号，1917年7月，第5页。

承继与发扬,另一方面也与20世纪80年代"真"的回归有关。1978年12月,公刘在上海诗歌座谈会上提出了"诗与诚实"的命题,随后这个命题在1979年1月召开的全国诗歌创作座谈会上得到了更为广泛的传扬,晓雪在会议上提出,"讲真话,抒真情,写真诗。真实是艺术的生命,也是诗的生命"①。艾青也在《诗论》中指出:"诗人必须说真话……人人喜欢听真话,诗人只能以他的由衷之言去摇撼人们的心。诗人也只有和人民在一起,喜怒哀乐都和人民相一致,智慧和勇气都来自人民,才能取得人民的信任。"②"真实"这一概念的提出,是为了反对自20世纪50年代后期开始的"虚假"文学风气,但它同时也与"歌颂和暴露"这一组词语密切相关,是否抒真情,表达人民的思想和意志成为衡量是否歌颂与暴露的标准:"真实是文艺的生命,同样也是诗歌的生命。无论歌颂,还是暴露,都应当讲真话,而不要说假话。"③应该看到,当时流行的"愤怒出诗人"、社会问题诗等都受到了"真实"观念的影响。有研究者总结,在新时期伊始,"'真实'首先成为'诗'与'非诗'的鉴别标准"④。

流沙河在创作论中多次论及真情的重要性,他强调在选题、起头、结尾时都应当从实感出发,避免假哭、假笑,诗歌必须动情才能打动人心。这些主张在他自己的诗歌中可见一斑。他的《情诗六首》《故园六咏》就以情真感人取胜,后者更是获得了全国中青年诗人优秀新诗奖。《情诗六首》是写给女友的组诗,诗

---

① 晓雪:《实事求是,解放思想,打开诗歌工作的广阔天地——在诗歌创作座谈会上的发言》,《诗刊》1979年第4期,第72页。
② 艾青:《诗论》,人民文学出版社,1980年,第3页。
③ 本刊记者:《要为"四化"放声歌唱——记本刊召开的诗歌创作座谈会》,《诗刊》1979年第3期,第11页。
④ 洪子诚、刘登翰:《中国当代新诗史(修订版)》,北京大学出版社,2002年,第115页。

歌以真诚的语言赞美了女友的高洁品质,以直白的语言道出了对女友真挚的感情。《故园六咏》则是诗人在归来以后对一些日常事件的所感所悟,其中《焚书》表达了自己对经典被焚烧的悲哀和伤感,《乞丐》则抒发了自己没有能力帮助乞丐的慨叹和对时事敢怒不敢言的愧疚。诗中所写皆以真人真事为素材,读来感人至深。

流沙河曾指出初学者的一大毛病就是写自己无感情的主题,他认为这样做的后果是"情缘他人",乃至弄虚作假,这样写出的诗不仅不能感动人,反而会成为令人厌恶的陈词滥调。他要求诗歌的选题必须从自己的真情实感出发,写自己的感情。流沙河专门写了一篇《照着葫芦画瓢》来批评模仿别人感情的现象。文中他以一个投稿者的作品《乡情》为例,批评了其明明在家毫无乡愁却还模仿余光中写作《乡愁》的行为。对此,流沙河也开出了他的处方:"只宜借鉴,不宜模仿。多些实情,少些空想。"[1]

二、善——强调"善"的主题思想

主题思想是《写诗十二课》中出现频率较高的词语,作为现实主义诗人,流沙河曾说要"颂扬真善美,抨击假恶丑,做人就应该这样,做诗也应该这样"[2]。而在真善美三者中,流沙河又更重视"善",体现了他对艺术创作的社会功利要求。正是秉持着这种观念,他十分重视对诗歌主题思想的选择。

书写大主题是流沙河使命感的体现,是他对"善"这种功利性追求的诠释。在《选题》这篇文章中,他指出诗歌的主题有大小之分,虽然主题的大小不能决定一首诗的优劣,但他还是倡导

---

[1] 流沙河:《写诗十二课》,四川文艺出版社,1985年,第116页。
[2] 流沙河:《写诗十二课》,四川文艺出版社,1985年,第109页。

诗人写作大主题，尤其是事关国家的大主题，以体现关心时弊的责任感。流沙河自己的诗歌多是如此选题的，在早期的作品中，他常描写人民公社，塑造可爱单纯的劳动者形象，而在复出后的作品里，除了抒发个人的感受，他也经常选择重大事件、重要人物作为诗的书写主题，《看江青受审》《梅花恋》等诗如是。在"朦胧诗"论争甚嚣尘上之时，贺敬之曾写信给流沙河，对成都一位青年诗人的创作提出见解，认为"从祖国前途命运出发，表现一种积极向上的情绪，这在我们当前的诗歌创作中应该有它的地位，不能一律被误认为'假大空'"①。对此，流沙河回信表示赞同："雕虫小技，壮夫不为！言不及国家前途，思不及民族命运，徒以孤芳自赏，玩弄意象游戏，真是太没出息！坎坷徘徊，忧国忧民，盼望了这么多年，终于能为国家民族放声呼号了，实在是中国诗人的荣幸！……至于大与小，不存在什么好与不好的问题。如果大就是大声高唱，小就是小声低吟，那么我觉得目前尤其需要前者。"②

"善"还表现在流沙河对主题思想积极性的强调。在谈组象、跳层时，流沙河不仅多次强调创作时一定要用意念来串联意象，而且还以诗歌主题思想的积极与否来评价其优劣。他认为徐志摩《再别康桥》的主题思想较浅，前人对其评价往往过高，相较之下，他更倾向于何其芳《生活是多么广阔》，因为它的思想情趣更高。他还批评顾城的《感觉》主题观念不够向上，因此不可取。此外，他也经常以主题是否向上来评价中国台湾的诗人和诗歌，对一些只注重玩弄意象、制造氛围而言之无物的诗歌嗤之以鼻。比如在对余光中的六首写伞的诗进行评

---

① 贺敬之、流沙河：《不能一律被误认为"假大空"》，《星星》1981年第1期，第80页。
② 贺敬之、流沙河：《不能一律被误认为"假大空"》，《星星》1981年第1期，第81页。

价时,他以传递中华民族传统美德的《亲情伞》为尊;而面对痖弦的《伞》,他则认为其忽略主题思想表现等。他不仅在诗歌理论中重视"善",在诗歌创作中也践行这个要求。他的诗歌多有光明的尾巴,以自己报效祖国的心志结尾,从而表达知识分子的爱国之心。如《归来》一诗,尽管前大半部分诗人都沉浸在对昨日的辛酸回忆中,但却在结尾因为听到了祖国的声声召唤而突然豪情满怀:"广场上晨钟八点,祖国在声声召唤。/大街上车流如织,人民在滚滚向前。/太阳照我,旧梦都随朝雾散,/事业催我,光阴一定要追还!"① 除此之外,流沙河的其他诗歌也多赞美正直、纯洁等品德,充分显示了他对"善"这个主题思想的肯定。

三、新——忌陈词滥调

和大部分诗人一样,流沙河也不喜陈词滥调。他提出,虽然真情实感很重要,但是最好不要去写别人已经写滥了的感情,因为太难写出新意了。面对这一问题,他提出了以下解决方法。

首先,他提倡在题材与感觉层面上创新。在《悬壶说诗》中,流沙河多次强调不要去那些人多路窄的地方挤,也即不要一窝蜂地选择同一种题材,而应积极开辟新的题材。为了避免大家蜂拥同一题材,流沙河提醒作诗者不要相信初始印象。这是由于初始印象往往意味着新奇、激动,表现在不同人身上没有什么差别,在这种状态下写出的诗歌虽有真情实感,却缺乏新意、过于浮泛。流沙河以自己的失败体验为例,展示了初始印象的危害。他的《枇杷山夜眺》写的是他第一次在山上夜观重庆的感觉,诗歌把重庆的繁灯比作星星:"密聚的是星团,散漫的是星云。"②

---

① 流沙河:《流沙河诗集》,上海文艺出版社,1982年,第179页。
② 流沙河:《游踪》,黑龙江人民出版社,1983年,第6页。

但他后来意识到，自己的激动感觉虽然真切可靠，但是把灯比作星星实在是太不新鲜了，只会让读者乏味。

其次，流沙河提倡从修辞方式、结构上创新。他强调最好不要用别人已经用熟了的比喻、拟人、借代，如果不得已要用也应用出新意。虽如此说，他诗中的许多修辞却存在着固化的问题，如把桃花比作粉红的霞幕，把竹竿比作碧绿的海等。在结构上，流沙河以一首赞美骆驼的诗为例，嘲讽了诗歌结构公式化的现象，表达了自己对陈词滥调的批评和不满。这首诗的结构被流沙河简化为："茫茫的××/哪里是尽头？/默默不懈地一步步××啊/只因你心里×着××的××。"① 本来这里面的词语分别是沙海、前行、揣、希望、绿洲，但流沙河又相应地替换了许多词语进去。比如要是写耕牛的话，就可改为田野、拉犁、盼、金色、秋收；要是写袋鼠的话，就可以改为草原、跳跃、爱、美丽、澳洲。他指出，这些空格处还可替换成许多其他的事物，不同的诗却有同样的结构，读多了自然令人厌烦。针对这种选题和结构的公式化现象，流沙河也开了处方："旧衣旧裤，置之不顾。自裁新装，翩翩风度。"② 建议大家给自己的诗歌裁一些"新衣服，新样式"。

除了上述"真""善""新"，流沙河也重视"美"这个准则，只不过他所说的"美"是建立在真和善基础上的美，而且在这三者中，他还是更看重前两者。此外，流沙河在诗论中还否定了"天才说"。他认为"天才说"将写作归结为天赋，而不是后天学习，对有志学诗之人有不良影响。他强调通过勤学苦练，初学者最终才会获得笔才——思维能力和文字功夫，这种认识对初学者有鼓励作用。另外，流沙河的创作论还涉及咏物诗的写法、诗歌

---

① 流沙河：《写诗十二课》，四川文艺出版社，1985年，第107页。
② 流沙河：《写诗十二课》，四川文艺出版社，1985年，第109页。

第二章　流沙河的诗歌创作论

中的人称等细节问题，这里就不再一一论述。

整体看来，流沙河的"十二象"偏重于诗歌的艺术技巧，"十二课"偏重于诗歌的外在结构与形式，"悬壶说诗"则是以导师身份指导创作实战，这些理论都带有很强的实操特点，对学诗之人具有指导意义，能够满足20世纪80年代一些诗歌读者和习作者的需求。

第三章　流沙河的诗歌鉴赏与批评论

流沙河对海内外诗歌的评论，流露着他的诗学观念和主张，是他诗歌理论的重要组成部分。

流沙河对中国台湾地区诗歌的批评集中在《台湾诗人十二家》《隔海说诗》和《台湾中年诗人十二家》等书中，书出版后，曾在两岸文化界引起讨论，反响很大，对推动两岸的文化、诗艺交流也起到了重要作用。此外，他的《写诗十二课》还夹杂着一些对台湾地区诗人的评论，介绍了一些较为新颖的作诗技巧。以历史的眼光来回顾，流沙河的这些书不免带有特定年代的囿限，但是从时间线索看这几本书，尽管它们的出版年代相差不大，却仍旧可以从中捕捉到一些细微的起伏变化：他的批评标准基本上越来越倾向于诗艺，也越来越客观。

目前，学界对这几本书的研究大多集中在20世纪80年代，成果较为零散，且基本只是泛泛地赞扬了流沙河的介绍之功，并未对这些评论背后的诗歌理念本身进行探讨，因此相关问题并未得到深入展开。本章除了研究流沙河这些评论的贡献外，也重点关注流沙河对台湾地区诗歌产生的误读及原因，以此透视其诗学观念。

第一节　对台湾地区诗歌的介绍与贡献

流沙河的这几本评论书都写于20世纪80年代，书中评论的作品涉及台湾地区现代派、笠诗社等，对诗人的代表作品、艺

第三章　流沙河的诗歌鉴赏与批评论

风格、诗歌主张等做了介绍，较为集中详尽地向祖国大陆展示了台湾地区代表诗派与诗人的风貌。

20世纪80年代初，随着风气的转暖，祖国大陆开始引介台湾地区的诗歌。1979年，人民文学出版社选编台湾地区的诗歌作品成集出版，在《出版说明》中，编辑部公开了编选的倾向与意图："这些作品，有的抒发怀念家乡、盼望亲人团聚要求祖国统一的炽烈情感；有的歌颂劳动、赞美爱情、描绘自然风光、反映人民生活。艺术形式多样而又各具特色。我们希望这本表达台湾同胞心声的诗集，不仅在增进大陆同台湾骨肉同胞的相互了解促进文化交流、实现祖国统一大业上发挥应有的影响，而且在诗歌创作上，也能起到互相观摩、共同前进的作用。"[①] 书中仅有文本而无评判，所选诗歌多从内容角度考量，并无对诗艺的分析。1980年2月，人民文学出版社又选荐了《阳光的眼睛》（渡也）、《星期六下午》（詹澈）、《同乡会》（佚名）、《我在桥头送你》（蒋勋）这几首诗刊登在《安徽文艺》上，《安徽文艺》为此设置《台湾诗歌选载》栏目，并介绍刊登的理由：一是管窥台湾地区诗人创作面貌；二是寄托对宝岛的萦念之情，助力回归。由此可见其主要目的也不在诗歌艺术层面。此外，《诗刊》也设置了《台湾诗选》栏目。在1980—1981年间，《诗刊》曾先后两次介绍台湾地区的诗歌，包括《追求》（覃子豪）、《窗下》（洛夫）、《长颈鹿》（商禽）、《瓶竹》（舒兰）、《晚秋的乡愁》（蓉子）、《乡愁》（杨唤）、《妈妈》（夐虹）、《月是故乡明》（张默）、《致台湾友人》（张楚琨）等作品，不过，这些介绍并未成体系，而且从诗歌内容上看，抒发乡情的诗歌占据很大比例，透露出背后的选载意图。后来，学界相继出现了古继堂的《台湾新诗发展史》、

[①] 人民文学出版社编辑部，《出版说明》，载自人民文学出版社编辑部编：《台湾诗选》，人民文学出版社，1980年。

刘登翰的《台湾诗人十八家札论》及李元洛的《缪斯的情人》等书，对台湾地区诗歌的深层分析较多，不过由于它们时间稍微靠后，不及流沙河的开拓意义大。因此，流沙河的这几本书被认为是祖国大陆"睁眼看台湾"的先驱，为祖国大陆与台湾地区的诗艺交流打开了一扇窗户。

流沙河对台湾地区诗人的诗风、诗艺运用、写作内容等多方面进行了介绍、宣传，但由于所著几本书的体例有所不同，发挥的作用也有所差异。《台湾诗人十二家》的主要内容是介绍诗人的经历与诗作的大致面貌，《隔海说诗》重在评点诗人的艺术手法，《台湾中年诗人十二家》则集中于介绍诗人的整体风格、写作主张，其中夹杂着对诗歌的评点。这些书透露着流沙河对诗歌人称、韵律、节奏等诗艺的细腻体会，许多分析触及了原作的神韵。

在《台湾诗人十二家》中，流沙河选取的都是台湾地区资历较老的诗人进行评价，如纪弦、羊令野、余光中等，他为每个诗人写了3000字左右的评论，并以四字短语为这些评论命名，作为诗人风格的总体体现，如称纪弦为"独步的狼"、痖弦为"忧船的鼠"、叶维廉为"跳跃的鹿"等。这些四字偏正短语来源于每一个诗人的诗作原话，流沙河引用之以反映诗人的性情、写作风格和主张。如"独步的狼"来源于纪弦《狼之独步》，流沙河引用它来显示纪弦特立独行、独与天地精神往来、一嗥而惊天下的气度；"举螯的蟹"来自洛夫《石室之死亡》，流沙河用它来显示洛夫敢于袒裸自己内心的勇气；"跳跃的鹿"来自叶维廉《永乐町变奏》，流沙河用以形容叶维廉诗歌爱跳跃的特点……以这些短语来形容这些诗人，有益之处在于能够让读者迅速了解每一个诗人的鲜明特色，但不足之处则在于以诗来对应诗人、把诗中的主人公当作诗人本身，仅以一首诗来概括诗人的全部，会显得过于拘泥、以偏概全。

第三章 流沙河的诗歌鉴赏与批评论

尽管这些评论还存在着个人主观色彩过多等不足,但流沙河在每篇评论中还是尽量兼顾了诗人不同风格的作品,力求做出较为客观的评价。在书中他既批评了纪弦"虚假无聊"① 的诗,如《四月之月》,也赞扬了纪弦真情流露的诗,如《你的名字》;既展示了洛夫阴冷难懂的《沙包刑场》,也介绍了他易懂的《汤姆之歌》;既展示了杨牧学院味道浓重的《十二星座》《北斗行》等诗,也介绍了他平易近人的爱情诗《凄凉三犯》、闲情悠然的《水之湄》(尽管流沙河并不欣赏《水之湄》)……此外,这些评论最初发表于《星星》诗歌月刊时,并未在文后附诗作,但在结集出版时,却附上了更多的诗作,再次说明了流沙河想要给予这些诗歌以更为客观呈现的意图。

在评论中,流沙河大致介绍了诗人的生平。他运用知人论世的批评方式结合诗人的生平经历对诗作进行点评,让读者更加全面地了解了诗人的创作背景,也更深刻地理解了诗人写作时的心情。

在赏析余光中的《当我死时》时,流沙河先点明了余光中写作此诗的背景,即余光中任教于美国密歇根州立大学英文系、背井离乡后的第十八个年头。在这种不知归期的境况下,流沙河想象着余光中郁郁寡欢、临窗西望、思念祖国,并不由得想到了人生大限的场景。在进入了流沙河所设置的这个背景之后,读者就能很容易沉浸在余光中对死后葬身祖国的遥想中:"葬我,在长江与黄河之间"②,"在中国,最美最母亲的国度"③,"听两侧,

---

① 流沙河:《独步的狼》,《星星》1982 年第 1 期,第 97 页。
② 余光中:《情人的血特别红:余光中自选集》,百花文艺出版社,2005 年,第 27 页。
③ 余光中:《情人的血特别红:余光中自选集》,百花文艺出版社,2005 年,第 27 页。

安魂曲起自长江,黄河"①。书中的赏析大多如此,在介绍一首诗的同时往往还要加上写作背景,在使读者更深入地了解诗歌的思想内容和创作过程后,更容易进入诗人所描绘的场景中,与诗人产生情感共鸣。流沙河对《五陵少年》的解读也联系了余光中去台留美的实际情况,也即中国留美学生受到碧瞳冷视、民族主义感情受到伤害的时代背景。在赏析商禽的《秋》时,流沙河又结合商禽在军队任文书一职的工作实际,联想到此诗的写作背景:秋天的一个假日,兵营里的人都走空了,只剩下商禽在那里,孤独地听四处鸣起的秋声。这时有一丝秋风像利剑一般穿入窗户,"直刺他的脊背,使他寒颤"②。此情此景下,商禽开始了人生易逝的感叹。由于这个赏析联系了作者所处的社会时代、具体地域、生活背景与情感的触发点,似乎让我们看到了诗人下笔的画面,因而显得非常生动。在评价纪弦写于1944年的《黄昏》时,流沙河也联系纪弦的生活实际进行了解读。他指出彼时的纪弦刚从香港逃回上海,生活十分窘迫,基本上全靠好友亲戚的救济勉力生存,而诗歌内容就反映了纪弦当时的凄苦。又如评价郑愁予的《残堡》时,流沙河指出郑愁予此年虽然刚十八岁,但奔波于大江南北、在战火中度过的童年生活使他显得格外早熟,所以他才能写出如此成熟的句子:"被黄昏和望归的靴子/磨平的/戍楼的石垛啊/一切都老了/一切都抹上风沙的锈。"③ 从这些评析可以看出,联系作者的生活背景之后,诗歌的解读变得更有现实意义,作者的创作动机和缘由也更加明确清晰了。

总体而言,《台湾诗人十二家》这本书写得比较概括,书中对诗歌的点评多以思想内容为主,并没有深入讨论其艺术手法。

---

① 余光中:《情人的血特别红:余光中自选集》,百花文艺出版社,2005年,第27页。
② 流沙河:《台湾中年诗人十二家》,重庆出版社,1988年,第253页。
③ 郑愁予:《郑愁予诗选》,中国友谊出版公司,1984年,第25页。

不过，它的优势在于联系每位诗人的人生轨迹，展示了他们大致的创作风貌，勾勒了台湾地区诗歌在祖国大陆读者脑海中的最初轮廓及雏形。

《隔海说诗》的写作时间稍稍晚于《台湾诗人十二家》，流沙河自己这样评价此书："只说诗，不说人；诗又只说好的和瑕瑜互见的，且着重于诗艺的探讨，而不深究其思想意识。"[①] 显然这本书已经不执着于思想意识，而是在艺术手法上着墨较多。整本书除序言外，共14篇，赏析涉及的艺术手法包括节奏、韵律、句式、溶情于景、意象、反讽等。著述各篇章的命名也再次显示了其倾向于介绍艺术手法的特点。如在评论纪弦《你的名字》时，流沙河将其取名为《形式不重要吗》；评论余光中的《乡愁》时，则取名为《溶哀愁于物象》等。指出该书重视"诗艺"的特征，在研究中是十分必要的。长期以来，诗歌艺术技巧都处于被压制的地位。20世纪50年代初，俞平伯在《光明日报》发表了《漫谈〈孔雀东南飞〉古诗的艺术技巧》一文，文章因为没有明确说作家的思想一定重于技巧，而是说二者密不可分，就被他人撰文批评。1956年，全国文学青年创作会议召开，茅盾专门在会上作《关于艺术的技巧》的发言。他指出，"小说作法""诗作法"这类书"把技巧问题孤立起来看……而不知'重要的艺术技巧问题是要依赖作者的人生观的深度，和他包罗生活现象的广度，来解决的'"[②]。然而，在思想水准与生活实质在创作中的地位不断提高的同时，"技巧"反被定位为形式主义观点长期以来得不到人们的重视，因此反观流沙河对艺术手法的关注，就具有特殊的意义。

[①] 流沙河：《隔海说诗》，生活·读书·新知三联书店，1985年，第34页。
[②] 茅盾，《关于艺术的技巧》，载自中国青年出版社编辑：《全国青年文学创作者会议报告、发言集》，中国青年出版社，1956年，第22页。

在这 14 篇文章中,评论余光中的有 7 篇,评论痖弦的有 3 篇(其中一篇将余光中与痖弦作对比,在此重复统计),其余 5 篇则分别评论了纪弦、杨牧、郑愁予、覃子豪、碧果。流沙河曾言余光中的诗令他佩服、感到满足,并赞扬痖弦诗歌的神韵和调调儿,可见他对二人的喜爱。在这些全部评论中,流沙河特别关注了两点:诗歌的韵律形式和想象。

韵律是诗歌语言艺术魅力的体现,诗歌从诞生起就离不开韵律。流沙河在多篇赏析中都涉及韵律,表明了他对韵律的重视,也有助于读者学习台湾地区诗歌的节奏之法。

首篇文章《形式不重要吗》重点探讨的是纪弦《你的名字》的形式美。诗歌部分内容如下:"如日,如星,你的名字。/如灯,如钻石,你的名字。/如缤纷的火花,如闪电,你的名字。/如原始森林的燃烧,你的名字。"[1] 流沙河认为这首诗在形式上付出了很多努力,正是这些形式丰满了诗歌的内容,如"层层逼紧的旋律,丝丝入扣的结构,长短随意的造句,虚实交替的写法,独白的口吻,复沓的词汇,急促的节奏,一首一尾的互相照应"[2]。为了论证自己的观点,流沙河把这首诗改编为整齐押韵的七言,所举上段被改编为"你的名字像星星,又像天上红太阳;你的名字像钻石,又像室内电灯光。你的名字如打雷,一道闪电照四方;你的名字如火花,点燃森林烧得旺"[3]。比较原诗和改编后的诗,可以看到,原诗中纪弦重叠复沓的语气,娓娓道来的柔情、愈来愈紧的节奏都被抹杀了,只剩下直白、突兀的赞美,加之流沙河使用的整齐划一的七言形式,读起来就像打油诗一样,失了韵味,可见形式美对诗歌创作的重要作用。在评析余

---

[1] 纪弦:《纪弦自选集》,黎明文化事业股份有限公司,1978 年,第 184~185 页。
[2] 流沙河:《第一篇:形式不重要吗》,《文谭》1982 年第 1 期,第 43 页。
[3] 流沙河:《第一篇:形式不重要吗》,《文谭》1982 年第 1 期,第 43 页。

光中《当我死时》时，流沙河也分析了诗中的平仄和节拍的作用，认为平仄间隔和节拍匀调使得整首诗抑扬顿挫，富有音韵美。需要进一步说明的是，流沙河所言的音韵美并非整齐押韵，而是听觉上的抑扬感、顿挫感。

  流沙河对纪弦的分析隐含着以下认识：自由体新诗虽然看似毫无章法，但还是需要用心经营内在的节奏，相较之下，外在押韵与字数一致形成的节奏看似整齐，但却有可能斧削感情，不利于诗意的表达，这些观点触及了当时诗坛讨论颇为热烈的自由体新诗的内在韵律问题。在 20 世纪 70 年代末 80 年代初，诗坛开始了新一轮有关诗歌形式的讨论。在讨论伊始，一些诗人、理论家往往难以摆脱意识形态话语的影响，或将毛泽东有关新诗发展基础的观点作为必须贯彻的要求，或将形式问题与诗歌的社会功利性联系起来，将古典诗歌和民歌与民族化、大众化等同，反对欧化，反对自由体新诗，持此观点的代表性人物如尹旭、杨柄等。而与此相对，另一些人则基于反思新中国成立以来对于民歌的过分偏重以及思想解放与社会生活变化的需要，纷纷倡导自由体新诗，如刘再复、杨匡汉、谢冕等。为了解决自由体新诗的所谓"欧化""散文化"问题，他们大多强调要重视诗歌的"内在节奏"，也即情绪的节奏。流沙河虽然没有明确提出"内在节奏"一词，但是却意识到了节奏与情感的配合关系，指出在《你的名字》一诗中"词汇的复沓造成了语气的急促；而语气的急促又使倾诉爱慕之情的迫切感表达得更为充分"[①]，间接地体现出对自由体新诗的支持。与此同时，对于句式的欧化，流沙河也并不排斥。此前，尹旭曾批评自由体诗歌"大量运用散文化的句子毫无节奏感，或采用一种'欧洲'式的节奏，而这种节奏由于不符合

---

① 流沙河：《第一篇：形式不重要吗》，《文谭》1982 年第 1 期，第 43 页。

汉语的特点，所以达不到预期效果，使人看了欣赏不到节奏的优美"①。但流沙河则以余光中、郑愁予等人的诗歌为例，分析了学习外国句式的妙处所在。他将《当我死时》的头几句翻译为英文，指出它虽然源于英语语法的组合，却充满了"国味"②，而郑愁予的诗句虽然采用英语语法，但倒装后的句子反而不呆板。可见，流沙河在诗歌形式上，并未囿于对"民族化"的狭隘理解。

与自身的诗歌创作论、诗学原理相呼应，流沙河在赏析中也专门强调了想象的重要性。在《诡怪的意象》一文中，流沙河以痖弦的《短歌集》为例，向读者重点介绍了"非合理想象"的妙处。如《寂寞》不落俗套，写书籍自己吟诵自己；《晒书》利用蠹鱼和鱼的"涉嫌"、水经注和水在名称上的"涉嫌"，巧妙地做了一个文字游戏；《流星》把星星比作提灯涉河的娇女，把流星雨的形成归因于彗姑娘的滑倒，富有神话色彩；而对《世纪病》进行赏析时，流沙河则干脆承认自己不懂什么叫"烧掉爱因斯坦的胡子"③。上述这些通过非合理想象制造出的意象，流沙河都称之为"诡怪"。不过，流沙河的"诡怪"并不像评论家批评朦胧诗的"古怪"一样是一个贬义词，而是含有巧妙、新奇之意。尽管囿于自己的欣赏习惯和创作主张，流沙河"读不懂"《世纪病》，但他还是非常提倡"非合理想象"，认为它可以给读者带来震撼的艺术效果，有另辟蹊径之妙。对非合理想象的倡导，其实是对诗歌含蓄、暗示表达方式的认同，这对于纠正"文化大革命"以来诗坛尚直白浅显、重理论说教、轻艺术审美的写作惯性颇有益处。

---

① 尹旭：《新诗要革命》，《社会科学战线》1978年第4期，第243页。
② 流沙河：《第二篇：回头遥看现在》，《文谭》1982年第2期，第56页。
③ 痖弦：《痖弦自选集》，黎明文化事业股份有限公司，1977年，第200页。

第三章　流沙河的诗歌鉴赏与批评论

　　此外，流沙河还以余光中的《乡愁》为例专门阐释了"溶情于象"的艺术手法；在《两类反讽》这篇文章中，对痖弦的《上校》和余光中的《长城谣》进行了逐句分析，赞扬了他们遣词造句与构思布局上的反讽风格，还对艺术的荒谬、闲笔、冷笔、时空跳跃、名词作动词等进行了细节性的分析，这里就不再一一论述了。

　　流沙河对台湾地区的诗人既有赞赏，也有批评，他专作两篇文章批评一些诗歌故弄玄虚、言之无物，也即《玄到尽头成笑话》《气氛是宾不是主》。

　　碧果的《静物》，是超现实主义的代表作，整首诗基本只有一句话"××被阉割了"，这"××"包括黑的、白的、树、房子、鱼、花、大地等 12 种意象，还排列了 80 个"黑的"和 80 个"白的"，只有诗中的"我"是没有被阉割的抽屉。流沙河尝试解读了这首诗，认为碧果在诗中表现出了一个哑默的、缥缈的、虚假的、蒙昧的世界，但是却从概念出发，写得玄之又玄："他反对写所谓的感性的诗，他要凭一己的印象去抓本质，去'触及''纯然的原貌'，而置感性的认识于不顾。这种创作方法不能不是反文学的、反诗的。"[①] 流沙河的批评有一定的道理，虽然这首诗有一定的社会意义，具有警醒作用，但碧果在诗中故意罗列多个"黑的""白的"，确实很难看出有什么意义，说他故弄玄虚似不为过。在《气氛是宾不是主》中，流沙河又批评了痖弦只注重营造气氛而忽略诗歌社会意义的诗观。他虽然很欣赏痖弦《伞》里面的寂寞气氛，但是却觉得这首诗除了气氛还是气氛，再无其他，诗歌所要表现的社会内容也始终隐藏在伞盖下，朦胧难辨。这种唯气氛至上、目无他物的主张被流沙河视作台湾地区现代诗派的一个大迷误。对这首诗的批评与流沙河重视诗歌

---

① 流沙河：《玄到尽头成笑话》，《文谭》1983 年第 1 期，第 50 页。

的主题思想、反对意象至上的创作理念相呼应。

总体而言，《隔海说诗》中流沙河对诗人诗作形成的精妙赏析，都是建立在细嚼慢咽的基础上的，在赏析的过程中，流沙河尽量撇去政治观念的影响，站在更纯粹的角度，对诗歌进行了细读。他对这些艺术技巧的赏析，既是介绍，也是肯定和倡导，为读者了解、欣赏、学习这些诗歌提供了一个宽阔的平台，为亟待诗风更新的诗坛提供了革新的基础。虽然流沙河对部分诗歌创作理念有所批评，但总体还算比较客观，他的评价在回应祖国大陆有关现代派论争的同时，也为读者提供了有关台湾地区诗歌的得失样本。

《台湾中年诗人十二家》的写作时间为1986年，时间较前两本晚些，此书共介绍杜国清、李魁贤、施善继、白灵等十二家诗人，如书名所示，他们的年龄均处于30~50岁（截至1987年）。书中每篇文章以诗人名字命名，用三五百字简单介绍诗人的写作主张，再列举几首诗作，一一评点。此番评点又和前两本书有所不同，对诗作的分析侧重思想内容，艺术手法则只是点到即止。正如流沙河在书的引言中说："他们演出，演得好的是他们，我只报幕，从旁插嘴介绍几句罢了。"①

由于只是"报幕"式地介绍诗人主张，这本书与前两本书相比就显得更为客观。在介绍时，流沙河一般都直接引用诗人的原话来表达其主张，如他评价李魁贤的诗"多取现实性和社会性的主题"②时，就引用了李魁贤的原话——"诗人以敏锐的触觉来观察世界事物，所关心的必然是时代的形相，他不能放弃对时代的批判立场"③。在对诗人成就进行评价时，流沙河也不限于自

---

① 流沙河：《台湾中年诗人十二家》，重庆出版社，1988年，第12页。
② 流沙河：《台湾中年诗人十二家》，重庆出版社，1988年，第12页。
③ 流沙河：《台湾中年诗人十二家》，重庆出版社，1988年，第12页。

第三章　流沙河的诗歌鉴赏与批评论

己的主观感受，而是辅以他人的观点，显得更客观全面。如对方莘进行介绍时，流沙河引用了"最现代、最反传统的张汉良"[①] "最传统、最反现代的高准"[②] "现代与传统互相结合的余光中"[③] 三家的观点，选取观点不同的诗人的评价来对方莘的成就进行肯定；在介绍吴晟时，流沙河特引颜炳华为吴晟诗集《泥土》所作的序言，意在阐明吴晟在晦涩难解的氛围里仍坚持朴实的重要意义。

赏析诗歌作品时，流沙河侧重于对诗歌思想内容进行分析，他对每一首诗都复述了其大致意思，虽然言辞不多，却能将诗歌的精髓呈现出来，使人读完之后更觉诗歌的妙处所在。对方莘《长街的忧郁》，流沙河便有绝妙的解读。原诗如下："奇利柯的橱窗中/没有少女的微笑/这一列青衫的小树们/早已展览完了/整个盛放的春天/在这初秋冰色的天空下/一个不会吹口哨的少年/正匆匆地行过/这一段白色方砖的/长街的忧郁。"[④] 流沙河将忧郁的弥漫细分为三个层次：忧郁的引发——不知少女的微笑在何方、忧郁的扩散——街旁小树由绿染黄、忧郁的不可排遣——不会吹口哨只能将情绪闷在心底。流沙河通过层层解析，让读者的视线跟着少年一起由心及物再由物及心，把"忧郁"这种感情散开再聚合，使读者毫无障碍地进入少年的心中，与少年一起经历了一场忧郁病。当然，这本书也没有缺少对诗歌艺术手法的赏析，如对诗中讽刺、意象、结构等的赏析，只不过这些都穿插在对思想内容的评价之中，并未单独解说。

《余光中一百首》是专门介绍余光中的书，写于 1987 年，流沙河在书中选取了余光中 1949—1986 年创作的诗歌共 100 首，

---

① 流沙河：《台湾中年诗人十二家》，重庆出版社，1988 年，第 80 页。
② 流沙河：《台湾中年诗人十二家》，重庆出版社，1988 年，第 81 页。
③ 流沙河：《台湾中年诗人十二家》，重庆出版社，1988 年，第 81 页。
④ 转引自流沙河：《台湾中年诗人十二家》，重庆出版社，1988 年，第 83~84 页。

在每首后都附有短文评析。这些短评沿袭了他之前评论的特点，有其事、其人者则联系实际进行评论，既有对内容的赏析，也有对艺术手法的赏析，有赞扬也有批评，可谓面面俱到。流沙河在该书的《前言》中谦虚表明，自己写的这些短评纯粹是没有任何体例的个人读后感，更无新潮理论支撑，担心被人批评落伍。实际上，这本书较为全面地介绍了余光中的诗作、诗风、诗艺，为读者完整了解余光中的创作观念及转变过程、学习其高超诗艺提供了丰富的资料。

从体例上看，上述著作其实都包含了对诗歌思想内容、艺术手法、诗人经历、诗人风格的综合评析，只是笔者为了说明每本书的各自侧重，才将不同的书分开论述。从这几本评论来看，流沙河选取的诗歌类型，既有现实主义也有超现实主义，题材则涵盖政治、爱情、都市、乡愁等方方面面，可谓蔚为大观。而从批评的风格看，流沙河充分调动自身的古典文学知识储备，结合自己的创作实践，知人论世、以意逆志，对台湾地区的诗歌进行了不无精妙的赏析。

流沙河的古典文学修养很深，阅读范围非常广阔。在多年的阅读中，流沙河积累了许多古诗辞赋的阅读体悟。在《锯齿啮痕录》中，他提到自己中学时学习的都是文言文，国文老师课堂上也只选讲《古文观止》和《经史百家杂钞》。在课余时，他就学于一位老秀才，在老秀才那里，他学习了《诗经》《论语》《左传》等古典文学名著。被错划为右派之后，他在劳动之余仍坚持研读了《庄子》《易经》《屈赋》等经典。1962年，他来到四川省文联的图书资料室工作，在那里阅读了大量古籍文献。他曾列举自己在1958年至"文化大革命"期间的近20年间所读过的书，其既包括文学类的四书五经、先秦诸子等传统经典名著，也包括史学类的中国古代史、野史笔记等，另外还有民俗学、人类学、天文学方面的书。不仅如此，他还做了大量的摘录、索引，

第三章　流沙河的诗歌鉴赏与批评论

写了不少读书笔记与心得，可见他传统文学修养之深厚。在赏析台湾地区的诗歌时，他经常引用古典文学展开评论，与原文本形成有趣的互文，给文本欣赏带来了独特的意趣。

余光中《珍妮的辫子》中的珍妮，原本是一个扎着"梦幻般翅膀"[①]辫子的小姑娘，等"我"再见她时，她的头发变成了卷发，并且抛给我一朵鲜红的微笑，但是"我"却感到悲伤，因为"我"想念的是珍妮原来的辫子。余光中在诗中表现了对那些在社会的浸染下丧失了稚气、羞涩的小姑娘的悲哀。在解析这首诗时，流沙河特意引用了"墨悲丝染"这个典故，意在感叹社会是个大染缸。典故本意是说墨子看到人家练丝，就放声大哭，因为丝"可以白，可以黑"[②]，与之对应，珍妮显然属于被染黑的那一类。流沙河用千年之前的典故和珍妮的经历相类比，使读者的审美体验超越了诗歌本身而具有历史的深度，让读者明白这种事情不仅仅发生在珍妮的辫子上，而且从古至今都在发生，更有可能就发生在此时此刻的你我身上，增强了诗歌的警世意义。

丰厚的古典文学积累，既是流沙河学识的表现，也使他能够发人之所未见。覃子豪的《追求》塑造了一个不放弃追求的英雄形象，诗的内容如下："大海中的落日/悲壮得像英雄的感叹/一颗星追过去/向遥远的天边/黑夜的海风/刮起了黄沙/在苍茫的夜里/一个健伟的灵魂/跨上了时间的快马。"[③] 在赏析这首诗时，流沙河想起了杜甫的《江汉》。比较这两首诗，流沙河发现两人都在抒发晚年发奋、锲而不舍的精神，也都提到了落日、马，据此他认为覃子豪的《追求》可能也是受到了杜甫的启发，但是由于覃子豪学得好，所以没有被之前的评论家发现。试想，如果流

---

① 流沙河：《余光中一百首》，四川文艺出版社，1988年，第6页。
② 流沙河：《小小情趣五女图》，《文谭》1982年第8期，第42页。
③ 覃子豪：《覃子豪诗选》，中国友谊出版公司，1984年，第100页。

沙河没有深厚的古典文学修养，就不可能将两者联系起来，也不会发现覃子豪对杜甫的继承。当时，在纪念覃子豪的小型讨论会上，台湾地区的诗歌评论家对这首诗评价颇高，如"简练而超越，是今日新诗的最好示范"[①]，"精纯圆浑，精神境界也很高……非凡而伟大"[②]，"主题正确，表现完美"[③]，"简洁含蓄，十分完美"[④]，"与陈子昂的'前不见古人，后不见来者'那首相比，《追求》更要超过"[⑤]，等等。客观而言，这首诗歌确实写得简洁而力透纸背，但流沙河却认为台湾地区评论家的溢美之词似有些过度了。流沙河之所以做出这样的判断，就与他发现了覃子豪对杜甫的继承有关，当我们将诗歌放入浩瀚的中国文学历史中来阅读时，就不会轻易发出溢美之词。对庞德的《地铁站内》的评价，流沙河也有不同的观点。他认为庞德从脸想到花没什么可惊奇的，白居易一句"梨花一枝春带雨"就完全技压庞德了。可知，流沙河的这种识兼诸家的比较是建立在博学基础上的，往往使他能在诗评中产生新意，非一般诗评家所能及。

在批评中，流沙河还善于以自身的诗歌创作经验来推测对方的创作过程，并体验对方在诗中传达的感情，类似于古典文论中的"以意逆志"。"以意逆志"出自《孟子·万章上》："故说《诗》者，不以文害辞，不以辞害志；以意逆志，是为得之。"[⑥]通俗地说，即在鉴赏诗歌的时候，用自己的切身体会，设身处地、将心比心地去推测作者的本意，从而理解作品的含义。

流沙河对余光中的诗歌进行赏析时多用这种手法。余光中的

---

① 流沙河：《一首诗的讨论》，《文谭》1982年第7期，第44页。
② 流沙河：《一首诗的讨论》，《文谭》1982年第7期，第45页。
③ 流沙河：《一首诗的讨论》，《文谭》1982年第7期，第45页。
④ 流沙河：《一首诗的讨论》，《文谭》1982年第7期，第45页。
⑤ 流沙河：《一首诗的讨论》，《文谭》1982年第7期，第46页。
⑥ 孟子：《孟子》，杨伯峻、杨逢彬注释，岳麓书社，2000年，第161页。

第三章　流沙河的诗歌鉴赏与批评论

《雨伞》把下雨时打开的黑伞比作蝙蝠，流沙河根据自己的创作经验分析了余光中由雨伞想到蝙蝠的原因。他推测余光中在小的时候，可能捡到过蝙蝠，仔细地查看过蝙蝠的翅膀，感觉骨棱棱的与小鸟不同，但一时又不知道像什么。过了很多年，在一个下雨天，余光中自然而然地撑起一把伞，那伞骨也棱棱的，他感觉伞似乎和某种物件相似，但也没有细想。虽然这两者之间的联系并未被余光中在当时想起，但是却贮藏在他的潜意识中。就这样又在一个下雨天，余光中出门时，抬头就看见了满街黑压压的雨伞。此时诗人的大脑就会不受控制一样，将外面黑湫湫的一大片伞比作蝙蝠。流沙河的推测把余光中"伞——蝙蝠"这个比喻的生成过程细致地描绘了出来，以自己的"意"去逆推了余光中的"志"，颇令人信服。流沙河也揣测过余光中《乡愁》的写作过程。他潜入余光中的生活，在余光中的记忆中追溯诗中意象的由来：邮票，是求学时天天渴求母亲的信而来；船票，是新婚别后两地相思而来；坟墓，是母亲去世后想念母亲而来；海峡，则是年老时思念祖国而来。这些意象随着余光中生活的变化而变化，在他的脑海中堆积，直到有一天他翻阅中国地图，想到我在这头，而祖国大陆在那头，便形成了《乡愁》的架构。继而，余光中在回忆里找到那些象征距离的物象，就此写出了整首诗。流沙河认为《乡愁》的灵感来源于最后一句，虽然它放在文末，但却是在余光中脑海中先出现的句子，分量最重。这种揣测不无道理。试想如果余光中刚开始先想到的是邮票、船票或坟墓，诗歌的落脚点不就变成个人化的亲情或爱情了吗？这样一来，诗的高度就很难上升。在推测余光中诗歌的创作过程中，流沙河让读者更清晰地体会到了作者的想象过程以及意象的制造过程，进而加深了对诗歌的理解，从而也能进一步体悟到作诗的趣味。

流沙河的上述著作在祖国大陆和台湾地区的诗歌交流史上留

81

下了浓墨重彩的一笔,而他对台湾地区诗歌由批评到欣赏,与台湾地区诗人的论战也因时间的沉淀而成为文坛佳话。

第二节 对台湾地区诗歌的误读及原因

误读与阐释共生,是文学阅读中常见的一种现象。其英语misread,在《牛津插图字典》中的解释为"read or interpret wrongly"① (将……读错或解释错)。由这个解释看,误读对文本的阐释是错误的。但误读也有另外一个含义,即创造性阅读。这种观点始于解构主义,他们为"颠覆任何已有定式、成规和权威,扬弃一元话语,宣扬多元共生"②,而把误读看作正读,看作对文本的创新性解读。自此之后,人们越来越推崇误读,误读甚至慢慢演变为创造性阅读的同义词。创造性阅读虽并不完全符合作者的本义,但却"与诗歌文本的内在逻辑有某种重要的对应关系"③。不过,我们在这里所使用的含义为第一种,即错误的阐释,李怡称之为"附会性误读"④,是"读者自觉或不自觉地对诗歌文本进行的穿凿附会的认知和评价,以及对诗歌文本采取非艺术视角的歪曲和非诗性的艺术评判等"⑤。

一、误读的表现

虽然诗无达诂,但在流沙河对台湾地区诗人的介绍过程中,由于主客观多方面的原因,他对一些诗歌的思想内容、诗人人生

---

① COULSO N J, CARR C T, HUTCHINSONDOORTHY, Let al: The Oxford Illiuustrated Dictionary, The Clarendon Press, 1975: 541.
② 张中载:《误读》,《外国文学》2004年第1期,第51页。
③ 李怡:《中国现代诗歌欣赏》,高等教育出版社,2004年,第215页。
④ 李怡:《中国现代诗歌欣赏》,高等教育出版社,2004年,第216页。
⑤ 李怡:《中国现代诗歌欣赏》,高等教育出版社,2004年,第216页。

第三章　流沙河的诗歌鉴赏与批评论

观等多有误读。

(一) 对思想内容的误读

流沙河对台湾地区诗歌的误读首先表现为对诗歌思想内容的误读，这种误读在几本评论中都有不同程度的体现。《巨石之变》是洛夫的自述诗，里面有这样的句子，"你们争相批驳我，以一柄颤栗的凿子"①，"你们有千种横我有千种冷"②。流沙河在赏析时，认为这些愤愤之音可能是指十三年前洛夫与余光中的论战，并以此判断洛夫太小气。其实，这首诗只不过是在表明洛夫"横眉冷对"的气势，并非一定要针对具体的事件，更何况是针对十三年前的旧事。流沙河的这种理解或许联想过多。

苏绍连《你的头脑》是一首非常具有个人独立意识的诗歌，显示了诗人不愿丧失个性尊严，更不愿对当局卑躬屈膝的态度。本来流沙河对这首诗的理解并无偏差，但他对诗中"那么整齐的行动"③一句的理解则因联系时事而显得画蛇添足：流沙河联想到这首诗发表的时间是1984年6月，而这年新诗协会刚好为纪念蒋介石逝世9周年出了一本诗集《永远的怀念》，共有94四位诗人应邀写了赞扬或怀念之作，流沙河认为这就是苏绍连所说的"整齐的行动"。而在加入了真实的事件做背景之后，可以发现，诗歌可解读的范围只剩下一种，虽然对主旨的理解未必大幅度偏离，但很有可能误读了作者的创作本意。

对罗门的《逃》，流沙河也存在着误读。《逃》是一首语言优美、灵动飘逸的诗歌，表达了诗人向往自由的美好愿望，如以下诗句："其实，逃就是一种飞/就是鸟说的那种空阔/即使云为了远飘/将山的阶梯推倒地上/那也只是起伏与浮荡/从不经过伤

---

① 洛夫：《洛夫自选集》，黎明文化事业股份有限公司，1975年，第213页。
② 洛夫：《洛夫自选集》，黎明文化事业股份有限公司，1975年，第214页。
③ 流沙河：《台湾中年诗人十二家》，重庆出版社，1988年，第52页。

口/……/铁栅等不等于那只豹的视线/那把箭能不能将旷野追回来/当春日逃过一片片的花瓣/夏日逃过一阵阵的浪潮/秋日逃过一林林的叶音/冬日逃过一山山的雪景/远方逃过一目目的氤氲/只要去想起云与鸟/天空便会一把抓你成为/那朵美丽的形而上。"[①]台湾地区的评论家说,这首诗是罗门专注于探索人的心灵,重视精神与理想的表现,这种评价颇有道理。但流沙河却认为这首诗太过缥缈,恰好说明罗门不敢面对现实的残酷,他不仅逃避现实,而且还美化这种逃避行为。这种批评方式将对诗歌的批评上升到了对诗人价值观与世界观的批评,带有明显的社会主义现实主义诗学特点,把诗歌原有的含义、诗人的写作心境完全改变了。

(二) 对诗人人生观的牵强对应

流沙河还经常把诗中传达出的观念看作诗人的人生观念,因而产生误读。"做梦的蝶"是流沙河用来形容羊令野的短语,其灵感来自羊令野的诗歌《蝶之美学》。这首诗描述了一只被放在博物馆里的雄蝴蝶回忆自己从蛹孕育为美丽的蝶,到恋爱,再到死的经历。流沙河分析,这只蝴蝶游戏一生,在死后还幻想自己在飞,仿佛认为自己的一生过得很满意。据此,他认为这只蝴蝶具有"假旷达的微笑,真绝望的内心"[②]的"蝶生观",再进一步推断,他又将"蝶生观"对应为羊令野的人生观。这种解读其实是双重的误读。首先,流沙河对"蝶生观"的理解就有待讨论,这首诗真的是在表达蝴蝶绝望的内心吗?通读全诗之后,我们可以发现这只蝴蝶的"蝶生观"其实是很正面积极的,它一生都在忙碌,死后还作为标本继续为人类提供美,它并不是"假旷达",而是真旷达。其次,需要质疑的是,羊令野的人生观真的

---

① 罗门:《罗门自选集》,黎明文化事业股份有限公司,1975年,第215~216页。
② 流沙河:《台湾诗人十二家》,重庆出版社,1983年,第20页。

就是"蝶生观"吗？作者与作品中的主人公可以等同吗？在赏析洛夫的《巨石之变》时，流沙河出现了类似的误读。《巨石之变》的结尾两章说火山爆发使巨石变成了粉末，"竟无一事物使我满足/我必须重新融入一切事物中"①。诗句本来表达的是向上重生的含义，流沙河却认为这表明了洛夫极其厌世的人生观。此外，由于洛夫在诗中自白说"我焚自己取乐"②，流沙河就又把这句话延伸为洛夫的诗歌主张：作诗不过是"取乐"而已。这明显混同了诗中的"自己"和现实中的洛夫。出现这种误读的原因，首先是流沙河对诗歌的思想内容产生了误读，其次是他将误读的观点延续并认定为诗人的人生观。虽说诗无达诂，诗歌往往反映着诗人的自我形象，但是也不能将二者做生硬的对照。

在一些赏析中，流沙河对诗歌内容本身理解无误，但却将诗歌表现出来的观念直接对应于诗人，产生误读。在欣赏白萩的《一颗沙粒》时，流沙河几乎完全把诗中哀叫的沙粒等同于白萩，他用"哀叫的鸟"来形容白萩，说白萩像那颗沙粒一样活得不耐烦，想要快快死掉。流沙河还把《无止无尽》中那个"抱不住人生的重量"③、即将死亡的"他"看作白萩，认为白萩的观念太过阴冷。由于白萩的诗太沉重，流沙河去翻看了白萩的照片，但他发现生活中的白萩出乎自己的意料："器宇轩昂，目光炯炯，不像有病的。"④ 实际上，出现这种"矛盾"现象是很正常的，这是由于流沙河没有意识到诗中的"我"与现实中的"我"并不完全等同。

（三）对诗歌价值的偏道德评判

流沙河在赏析诗歌时，有时会以教化作用的大小来判定诗歌

---

① 洛夫：《洛夫自选集》，黎明文化事业股份有限公司，1975年，第215页。
② 洛夫：《洛夫自选集》，黎明文化事业股份有限公司，1975年，第213页。
③ 转引自流沙河：《哀叫的鸟》，《星星》1982年第6期，第94页。
④ 流沙河：《哀叫的鸟》，《星星》1982年第6期，第94页。

价值的大小，从而对诗歌的价值产生误读。在《隔海说诗》中流沙河曾赏析了余光中的组诗《六把雨伞》，包括遗忘伞、音乐伞、友情伞、爱情伞、记忆伞和亲情伞。从审美的角度来说，这几首诗应以《记忆伞》为冠，但流沙河却以《亲情伞》为冠，原因是这把伞展现了中华民族的传统美德——孝。我们可以将这两首诗对比看看。在《记忆伞》中，余光中想象着自己用小时候的那把伞将"四川的四月天撑开"[①]，以清新的语言表达了自己对四川故乡的思念。诗的部分内容如下："春雨就从伞边滴下来/蛙声就从水田里/布谷鸟就从远山/都带着冷飕飕的湿意/来绕着伞柄打转/喔，雨气好新鲜。"[②] 让人感觉故乡如在目前。在《亲情伞》中，余光中想到孩提时母亲总在雷雨时为自己打伞护卫，而今母亲已逝，自己再也没有机会为她撑伞了，他感到非常哀伤，并表达了对亡母的思念。诗歌大体内容如下："我瑟缩的肩膀，是谁/一手抱过来护卫/一手更挺着油纸伞/负担雨势和风声/……/只是台风的夜晚/却遥念母亲的孤坟/是怎样的雨势和风声/却不见油纸伞/更不见那孩子。"[③] 两首诗相比可以明显看出《亲情伞》的语言更为平实，不够灵动，缺乏想象力，诗思、诗语也并无多少新颖之处，因而，从审美视角来看，还是《记忆伞》更胜一筹。

在赏析余光中的《项圈》时，流沙河也有相似的观点。这首诗写两个小姐各牵着一条狗在街上相遇，两条狗互相对比项圈，其中一条狗骄傲地说它的项圈是金的，而且是美国制的。借助两

[①] 余光中：《情人的血特别红：余光中自选集》，百花文艺出版社，2005年，第62页。

[②] 余光中：《情人的血特别红：余光中自选集》，百花文艺出版社，2005年，第63页。

[③] 余光中：《情人的血特别红：余光中自选集》，百花文艺出版社，2005年，第63页。

条狗的对话，余光中讽刺了互相攀比、崇洋媚外的风气。余光中本人不太喜欢这首诗，认为它太过露骨、粗糙，而流沙河却对这首诗赞赏有加，因为他更看重诗歌的社会功能，认为这首诗能够发挥讽喻作用。不过客观来讲，这首诗的诗艺并不突出。此外，流沙河还从道德的角度批评了余光中的《双人床》和《如果远方有战争》，说这两首诗"比色情更糟糕，这是绝顶的自我中心意识，毫无中国知识分子素有的使命感"[①]。虽然这两首诗写了一些情爱的意象，语言稍显露骨，但流沙河所作的道德批判未免有失公允。细读诗歌内容可以发现，余光中想要表达的恰恰是对战争的厌恶和对战乱中人的悲悯，因此不应该因为有一些隐喻"性"的语言就对此诗作出不道德的论断。

此外，流沙河对一些诗歌艺术的批评也并不那么准确。吴晟诗歌《收惊》中有一句"在你们小小的心灵上/也背负了什么委屈或恐惧吗"[②]？流沙河对此产生了质疑："'背负'用在'心灵'后面，这就不好。心有背吗？"[③] 这不免显得拘执。从科学的角度讲，心当然没有"背"，但是"背"只不过是诗歌中常见的一种形象化说法，不应该遭此质疑。

二、误读的原因

其实不仅仅是流沙河个人，整个诗歌领域都会出现附会性误读的现象。误读的原因既有诗歌这种艺术形式本身特殊性的影响，也与读者的期待视野、主观情感、审美情趣等因素相关。流沙河对台湾地区诗歌产生误读的原因，也包括客观与主观两个方面。客观方面主要有诗歌本身的特殊性、时代囿限、

---

① 流沙河：《隔海说诗》，生活·读书·新知三联书店，1985年，第22页。
② 吴晟：《吴晟诗选》，中国友谊出版公司，1986年，第107页。
③ 流沙河：《台湾中年诗人十二家》，重庆出版社，1988年，第103页。

地域隔阂等，而主观方面则在于诗歌批评方法和批评标准的偏差等。

(一) 客观原因

从诗歌这种艺术形式本身的表达方式来看，它不像小说、散文那样以直接叙述为主，而是以意象来表达感情，这样它内部的"飞白"就多，给读者的想象余地也更大，因此其本身的含义就更具模糊性、不确定性。另外，诗歌语词的含义也具有多重性：首先，"一个词是由过去曾发生的一连串复现事件的组合中获得其意义的"[1]，词语含义的形成是历史积累变化的结果，具有丰富的解释向度；其次，词语的意义还受到具体环境的制约，如若不了解具体的情境，那么误读的可能性也会变大；最后，在诗人运用意象来表达心绪的时候，往往会借助隐喻、象征、借代等表现手法，使语词的含义变得多重化，对读者来说，进行意义阐发的可能性范围也就随之变宽。综上所述，诗歌文本的特点给误读提供了可能性。作为一个读者，流沙河可以在进行阐释时，加入许多自己的想象，并根据自己的理解对语词进行解读，如此一来，阐释结果必然会带有主观性。

从社会背景来看，流沙河的误读也具有一定的客观必然性。20世纪80年代，祖国大陆刚从"文化大革命"中脱离出来，虽然社会开始变得开放，但长时间的思想禁锢还在人们心中残存着历史惯性。尤其是对经历了"文化大革命"长时间折磨的流沙河来说，不得不小心翼翼地展开赏析工作，对台湾地区诗歌的评价也必然会带有主流价值观的深刻烙印。在解读的时候，他会不由自主地联想到当时海峡两岸的社会状况，当然，他也只能在时代允许的范围内进行解读。时代的局限使他的评价标准带有功利性，因而在某些方面影响到评价的客观性。

---

[1] 李怡：《中国现代诗歌欣赏》，高等教育出版社，2004年，第213页。

而从地域差异来看，至 20 世纪 80 年代，祖国大陆与台湾地区分隔已有 30 余年。台湾地区的资本主义政治、市场经济氛围和祖国大陆的社会主义政治、计划经济氛围差别很大，相异的经济基础和上层建筑导致了相异的文化氛围。祖国大陆的文学在新中国成立以后，一直以现实主义创作为主；而台湾地区受西方尤其是欧美国家影响较大，多种主义、潮流相继涌入，现代主义创作一时风起云涌，占据诗坛主流。漫长的地理距离使流沙河对台湾地区诗歌所处的具体时代环境、人文环境产生了隔膜，增加了误读产生的可能性。

（二）主观原因

造成误读的主观原因，主要源自流沙河诗学观念以及相关批评方式的影响。流沙河出生于 20 世纪 30 年代，他的人生阅历和所处的社会现实，使他成为一名彻彻底底的现实主义作家与诗歌评论家。现实主义的批评观念与方式，本也无可厚非，但在特殊的时代，现实主义早已在中国嬗变成了社会主义现实主义，这给流沙河的诗歌批评带来了很大的影响。

首先，长期以来流行的批评体系基本上都是从哲学认识论的角度来解释文艺，认为文艺是反映社会生活的意识形态，作家的世界观决定创作。在这一观点的影响下，流沙河就会根据这种"生活反映论"来找寻诗歌所对应的原事，当然也会反过来以作家的创作来对应其世界观。这种批评方式认为，只有在了解了作者的生活和写作的时代背景后，才能正确地把握作品的思想内容。虽然其本意是要我们正确理解作品，但是如果对任何诗歌都要寻找一件本事进行对应，未免显得牵强。另外，僵硬地以具体的事件、具体的感觉去对应诗句，刻板地把诗人完全框在具体的背景中，不免有抹杀读者获得普遍认同感的可能。比如前文提到的流沙河对洛夫《巨石之变》和苏绍连《你的头脑》的解读，就是因其非要找到写作对应的具体事件而显得有些牵强。加之流沙河并不了解真实的创作背景，只是隔海对背景进行猜测，如他介绍苏绍连《你的头脑》的写作背景时，就说"隔海瞎猜罢了"[①]；对洛夫诗中本事的猜测，他用推测的口吻说"如果这是指十三年前的那一场论战而言"[②]；在对方莘《夜的变奏》第二段进行解释时，也是说"十二月盖指 1962 年 12 月方莘赴美"[③]，这种不肯定的语气无疑增加了误读产生的可能。这些"本事批评"的不足是非常明显的：诗是带有普遍意义的作品，如果只联系具体的时代和事件进行解读，就失去了将其提升为人类普遍经验的可能性。

与此同时，以作家在创作中的观念来对应作家本人的人生观，虽然有一定道理，但却不能普遍适用，也经不起细致的推敲。所谓的表里如一往往在现实中存在反例，在历史上，这种现象屡见不鲜。譬如唐代大诗人元稹，在诗中是一派忠贞深情的模样，在现实中却始乱终弃；又如汪精卫也曾在诗中表现出爱国青年的热血气概，最终却投靠了日本侵略者……进一步说，流沙河其实根本没有对作品中的"我"和现实中的"我"进行区分，他没有辨明作者和叙述者的关系，所以才会轻易地以诗中的主人公对应诗人本人。虽然我们普遍认可"诗言志"的说法，但作者和叙述者并不是完全对应的关系。更何况，一个人的人生观并不是一成不变的，在不同的时期会有不同的呈现，因此不能以一首诗就断定一个人全部的人生观念。

其次，中国的文艺理论"一方面是在 20 世纪 30 年代以后主要接受苏联'社会主义现实主义'理论，它强调文学的教育作用；一方面受到传统儒家诗教、'兴观群怨说'和'文以载道'

---

① 流沙河：《台湾中年诗人十二家》，重庆出版社，1988 年，第 52 页。
② 流沙河：《举螯的蟹》，《星星》1982 年第 4 期，第 88 页。
③ 流沙河：《台湾中年诗人十二家》，重庆出版社，1988 年，第 91 页。

第三章 流沙河的诗歌鉴赏与批评论

观念的影响,强调文学的社会功能和教化作用"[1]。生存在这个环境中的流沙河自然难以避免地会受到这种批评体系的影响。此外,流沙河在自传中表示,他曾认真学习过《在延安文艺座谈会上的讲话》并且照办执行,"讲话"中的批评模式无疑也对他有所影响。延安文艺座谈会提出了把"政治标准放在第一位"[2]的原则,认为文艺从属于政治,必须为一定阶级的政治和一定的政治路线服务,文艺的主要功能是政治思想教育,是寓教于乐,等等。这样看来,在他的诗歌批评中会有重视诗歌的功利价值、轻视艺术审美的倾向也就不足为怪了。

　　由于海峡两岸处于不同社会环境下,再加之长久不通来往,所以流沙河认为,资本主义统治下的台湾就是一个冷冰冰的、充满了罪恶和黑暗之地。他曾说:"现代工商社会如台湾者,个人主义恶性膨胀,人人自我中心,求生命的意义在自身的享乐,而享乐又只能短暂地实现,一朝昙花谢了,便生虚无主义,进而怀疑生命有何意义,于是孤绝感也有了,于是怨时骂世,嬉皮朋克,竟成时髦。"[3] 这种对台湾地区社会氛围的全然否定,也许在一定程度上是属实的,但也不免带有对工商社会先入为主的偏见。最初,在刚接到刘济昆寄来的台湾地区的诗歌时,流沙河"不相信台湾那样的'资本主义罪恶环境'能孕育大手笔"[4],在评论中,流沙河也时不时流露出对台湾当局和社会现实的嘲讽与揶揄。这些解读表明了流沙河鲜明的政治立场,不过其在一定程度上脱离了文学批评,使评论变得生硬。与执着于寻找"本事"一样,流沙河这些先入为主的观念也存在着抹杀诗歌普遍适用性

---

[1] 旷新年:《现实主义,广阔道路还是窄路——当代现实主义的境遇》,《文艺研究》2014年第6期,第35页。
[2] 毛泽东:《毛泽东选集(第三卷)》,人民出版社,1991年,第869页。
[3] 流沙河:《台湾中年诗人十二家》,重庆出版社,1988年,第20页。
[4] 流沙河:《隔海说诗》,生活·读书·新知三联书店,1985年,第7页。

的可能。不过，我们也不能对流沙河吹毛求疵，由于当时盛行的诗歌批评基本以社会历史批评为主，流沙河能尽量地对这些诗人做出艺术分析已属不易。

在阅读流沙河的评论时，不难发现，他对现代派也持有先入为主的意见。可能是受现实主义浸淫太深，流沙河自一开始就对现代派的评价不高。在细读台湾地区的诗歌之前，流沙河曾赴北戴河参加诗会。诗会召集人尧山壁曾向流沙河作出应该转变诗风的感叹，但是流沙河却不以为然，他依旧以民歌加古典为自身的诗学主张，并且对尧山壁说："用熟了的手法，怎能随意抛弃，另搞一套新的！从前有缺点，假了，空了，改了就是。我相信当代人类最好的诗是我们今天的诗，而不是任何舶来品。勿去听信什么引进之谈。"[①] 此外，他还曾这样评价台湾现代派："在诗歌艺术领域自有其贡献，但在思想上却毫无进步意义可言。"[②] 而20世纪50年代台湾现代派的一些探索结果，则被流沙河归纳为"极端个人主义意识，朦胧晦涩的风格，矫揉残裂的文字"[③]。可见，他提前就在心中给台湾地区诗歌判定了思想情趣不高的罪名，带着这样的观点赏析现代派诗歌，自然容易得出消极的结论。

此外，还有少数误读是由阅读的错位造成的。譬如流沙河对许达然《民瞩政治》的理解。"政客们都忙着欣赏/臭豆腐：官僚/又热烈骂对方/错：落选后念/盗版的《资治通鉴》。"[④] 关于这首诗的含义，流沙河理解得很巧妙，但是他却把其中的词语"资治"理解为资本主义政治的缩写，把"盗版"想象为"强盗

---

① 流沙河：《隔海说诗》，生活·读书·新知三联书店，1985年，第10页。
② 流沙河：《台湾诗人十二家》，重庆出版社，1983年，《引言》，第3页。
③ 流沙河：《玄到尽头成笑话》，《文谭》1983年第1期，第47页。
④ 流沙河：《台湾中年诗人十二家》，重庆出版社，1988年，第27页。

第三章　流沙河的诗歌鉴赏与批评论

般的"①，这就显得有些揣测过度了。在赏析罗青《人》的时候，他把一首赞扬人类伟大的诗理解为"一个悲观主义者的最终怀疑"②。该诗歌大意是说亿万年来，山河日月不断地爆发自然灾害，以此来向人类证明它们的强大力量和永恒存在。然而尽管如此，山河最终仍然无法说服诗人，在诗人眼里，它只是一场小小的梦幻。罗青也许是在以山河日月来反衬人类，突出人类力量之伟大，但流沙河却认为这是诗人持有宇宙怀疑论的表现，实在无法令人苟同。

误读是阅读中不可避免的现象，流沙河对台湾地区诗歌的误读带有客观和主观的必然性，但随着时代的发展可以发现，他对诗歌的赏析越来越倾向于艺术标准，对道德、政治标准的重视程度降低了。比较《台湾诗人十二家》和《台湾中年诗人十二家》，不难看出，原先非常重视道德标准的流沙河，也开始担心诗歌文采不足，怕那些过于朴实的诗歌"经不起读者耽美的回味"③，对于诗歌的重建来说，这无疑是一种好现象。

总体而言，流沙河对台湾地区诗歌的诗艺技巧多有赞赏，而对其思想内容则整体评价不高。这与他个人的欣赏习惯、诗学主张，以及当时的时代环境、社会氛围等都密切相关。作为诗人，流沙河对诗歌拥有敏锐的感知力，这使他对不少作品的分析颇为精到，但是作为批评家，他的诗学观念又受到社会主义现实主义的影响，导致了他对一些诗歌的误读。

---

① 转引自流沙河：《台湾中年诗人十二家》，重庆出版社，1988年，第27页。
② 流沙河：《台湾中年诗人十二家》，重庆出版社，1988年，第40页。
③ 流沙河：《台湾中年诗人十二家》，重庆出版社，1988年，第54页。

第四章 流沙河诗歌写作与理论比较

流沙河是以诗人身份闻名的，他是一位爱好写作、勤于耕耘的诗人，曾出版诗集《农村夜曲》《告别火星》《流沙河诗集》等。在"文化大革命"期间，他写作了《情诗六首》《故园九咏》《唤儿起床》《故乡吟》等诗歌。复出后，他先后获得了全国中青年诗人优秀新诗奖、中国作家协会第一届全国优秀新诗二等奖，其诗歌创作成绩获得广泛肯定。从内容看，他的诗歌感情真挚，关注现实，富有忧患意识和道义精神。但从诗艺的角度来客观评价，流沙河的诗歌并不十分出众，他的诗多以真情取胜，叙事比较直白，语言和意象营造存在不足。

诗人的诗歌创作是其诗歌理论重要来源，尤其是对于创作论和诗歌批评来说，有着切身创作经验的人往往能形成自己富有特色的创作原理，同时也能以意逆志地体会别人的诗歌。一般来说，诗人的创作实践应与其诗歌理论体系相互呼应，比较流沙河的诗歌作品和诗歌理论，可以发现二者确实在现实主义及幽默风格上存在相似性；不过，它们在艺术标准方面却存在着一定程度的背离。

第一节 现实主义、幽默：诗学理念与叙述风格的统一

现实主义是流沙河诗歌理论的特点，同样是流沙河诗歌创作的特点。在诗歌原理、创作论和诗歌批评中，流沙河都坚持现实主义，重视诗歌主题思想，强调诗人的社会使命，肯定现实主义

的创作方法。在创作上，他也一直坚持走现实主义的道路。首先，他关注现实题材：他"对中国特定的一段历史，作出了富有典型意义的生动表现，具有深刻的社会历史意义与认识价值"[1]。其次，他在诗歌中流露出的对真善美的向往以及对中国共产党的赞美，也体现了他作为现实主义诗人尤其是社会主义现实主义诗人的风格特色。总体而言，他的诗歌和诗论都呈现出现实主义的特点。

流沙河的诗歌创作贯穿着关心国家、人民的责任感和使命感，他的创作理论与此相呼应，也体现出身为一位知识分子的忧患和担当意识。从诗歌选题看，流沙河的诗歌多与国家、时代相关，这体现了知识分子的责任意识。他在诗歌创作时始终饱含着一颗爱国之心，不论处于什么境地，他总是在诗中歌颂党，歌颂祖国和人民。20世纪50年代初，他写诗赞美农业生产合作社，赞美热爱劳动的人民，赞美共产党给人民送来了电、送来了土地和富足，他为乡村通电、修铁路而激动欢呼，为中国生产的第一批汽车而自豪。《寄黄河》《社里的日常生活》《给女拖拉机手》《乡村水电站》等诗就表达了这种情感。粉碎"四人帮"后，他又写诗赞美"中央果断送瘟神"[2]。在中国共产党60周年诞辰时，他写了一首名为《一个知识分子赞美你》的诗，指出正是因为有了中国共产党，国家才结束了荒谬的时代，人间才来到一片新天地，表明了自己对党的真心和爱。在流沙河的诗中，他的心总是跟随着时代，记录着时代，表现出积极入世的人生态度。与此同时，他的诗歌创作理论也保持着这种入世的倾向。他在《谈选题》一文中曾把赞美祖国、赞美人民、写时代风云的诗歌称为

---

[1] 孙立志：《现实、古典、区域化——流沙河诗歌艺术研究》，西南大学，2007年，第1页。
[2] 流沙河：《流沙河诗集》，上海文艺出版社，1982年，第181页。

大主题的诗歌,把赞美恋人、写瞬间印象的诗称为小主题的诗,并提倡选择重大主题,建议写诗之人多写事关民族休戚的诗歌,不应仅仅停留在个人的小世界中。

与此同时,从道德角度来说,流沙河的诗歌多赞美生活中的真和善,批判揭露现实中的假与恶,表达自己对生活的美好向往。他在诗歌中描绘了许多美好的现象和感情,如为真理奋斗的张志新,如在电车上坚持学习的小姑娘,如对自己不离不弃的妻子……通过对真与善的颂扬,流沙河的诗歌在读者群体中发挥了良好的引导作用。他的诗评中也多有道德批判,强调诗歌的认识、教育作用。正如前文所言,流沙河更重视那些引人向上的诗,而看轻那些情趣不高的诗。他曾指出情诗也要趣味高尚,不能太过粗糙露骨,所以他爱郑愁予《小小的岛》,而不欣赏余光中《双人床》;他更看重《项圈》的实用性和讽刺效果,而把艺术标准放在了第二位。显而易见,流沙河的诗歌与诗论在道德方面立场一致。

除了诗学理念上的一致性,流沙河的诗论与诗歌还都体现出幽默的叙述风格,这从侧面显示了流沙河的睿智,为他的作品增添了不少乐趣。幽默对于艺术作品来说,即是"用滑稽可笑的形式(包括情节、语言等内在手段)来造成一种引人发笑、耐人寻味的艺术意境。这种幽默绝非一般意义上的插科打诨或粗俗的玩笑,它是通过可笑的形式来表现具有美感意义的内容"[1]。读流沙河的诗歌和诗论,时常会遇到一些诙谐的表述,读后令人感到非常轻松。

流沙河诗歌中的幽默既有对荒谬时代的讽刺,也有艰辛生活中的苦笑和达观,当然也不乏简单的调侃。他曾在自己的箱子底

---

[1] 叶潮:《口语化与幽默感——流沙河诗歌艺术探微》,《当代文坛》1985年第1期,第13页。

第四章 流沙河诗歌写作与理论比较

发现一张"文化大革命"时期的旧报纸,报纸上写满了"文攻武卫"和"彻底砸烂",轰轰烈烈热热闹闹,只是可笑之处在于箱子里的小虫子竟什么都不懂,埋头只顾吃,"纸蠹吃当权派/棉虫吃帝修反/白蚁吃红卫兵兼吃黑五类/蟑螂吃大串联"①,用拟人化的语言描摹出了那个时代的荒谬和空虚,显得非常诙谐。流沙河也曾苦中作乐,用幽默来消解生活的苦闷,如《哄小儿》他把自己称作"家中马"②,"笑跪床上四蹄爬/乖乖儿,快来骑马马"③。流沙河以幽默来迎接生活中的痛苦,既是无奈,也是通达。当然,流沙河也有一些诗歌仅仅是用调皮的语言来开个玩笑,如《文学讲习所旧址》,诗中的流沙河回到了当年学习的地方,怀念之情油然而生。他希望可以变成里面的一只花猫,懒懒地午睡;还希望梦见当年的老师,向他们问好。但诗写到这里流沙河忽然说"这想法不能让小姑娘知道/害怕她说疯子来了"④,诙谐地调侃了自己的痴情。他的另一首诗《望》写儿子小时候发生的趣事:在他深情地望着摇篮中的儿子时,儿子却忽然撒了一泡尿在他的脚背上,宾客们哄堂大笑,儿子反而不知所以地东张西望,于是他只好调侃儿子一副聪明相。流沙河诗歌中的幽默或源于拟人、比喻等修辞手法的运用,或取材于生活中的有趣场景,让人在忍俊不禁的同时对生活多了一些思考。

在讽刺和调侃方面,流沙河诗歌中的幽默风格与其诗论是相通的。流沙河在自己的书中多次调侃中国台湾地区的现代派诗歌。当他在旅途的火车上拿出那本《当代十大诗人选集》,好不容易读完了纪弦、羊令野和余光中后,余下的七家他就难以攻下了。这时他用幽默的比喻描述了自己"读不懂"现代派的感觉:

---

① 流沙河:《独唱》,花城出版社,1989年,第90页。
② 流沙河:《流沙河诗集》,上海文艺出版社,1982年,第134页。
③ 流沙河:《流沙河诗集》,上海文艺出版社,1982年,第134页。
④ 流沙河:《流沙河诗集》,上海文艺出版社,1982年,第236页。

"天哟,全是现代派!现代派中还有一两家所谓的超现实主义派,竟比'现代'还要'现代',真是要命!那一行行短短长长的句子就如战壕之密布,处处有文字的明碉暗堡,结构成马其诺防线,叫我攻不进去,疑心自己低能。"① 于是流沙河只好转战这本书的序言,读了序言他更感到好笑,因为他觉得张汉良先生的序言已经预先就为卖不出去书找好了后路。通过对现代派的调侃,流沙河委婉地讽刺了现代派自绝于读者的晦涩。超现实主义诗人苏绍连有一首《春望》,改编自杜甫的《春望》,内容如下:"山山河河为国/在/草草木木为城/深。凋落的瓶瓶瓶瓶瓶瓶瓶/是那阵花开/飞起的笼笼笼笼笼笼笼笼/是那阵鸟声。"② 流沙河略带嘲讽地评价说,若是杜甫看到这首诗,一定要抗议:"苏家老儿,我不口吃!"③ 这样的评论让人读了忍俊不禁。

流沙河还曾调侃过艾略特,艾略特在读了庞德对中国诗歌的翻译后,恭维庞德翻译得很好,认为读者能从中得到原作的精神。流沙河却用了一句四川方言开玩笑,说这是"洋花椒麻外国人"④,意思是说,你这说法只能说给外国人听听,我是不会相信的。在好笑之余,流沙河不忘引导读者重新审视自己对西方意象派的认识和评价。在流沙河的诗歌、诗论中都有一些方言词汇,这给他的幽默增添了不少生活气息。诗论本是严肃的作品,但经流沙河幽默的渲染,便成了令人轻松愉悦的读物。

流沙河的幽默首先与他的生活环境息息相关,在底层生活的二十年间,面对生活的苦难,以苦笑、冷笑、漠然的笑来应对,不失为一种智慧。其次,他的幽默也受到了巴蜀人民文化基因的

---

① 流沙河:《隔海说诗》,生活·读书·新知三联书店,1985年,第23页。
② 转引自流沙河:《台湾中年诗人十二家》,重庆出版社,1988年,第43~44页。
③ 流沙河:《台湾中年诗人十二家》,重庆出版社,1988年,第44页。
④ 流沙河:《意象派一例——伊兹拉·庞德〈地铁站内〉》,《星星》1984年第10期,第96页。

影响，作为地地道道的成都人，他对摆龙门阵、幽默调笑的氛围耳濡目染。幽默已成为他内在性格的一部分，并进一步演化为作品的突出风格。我们不难发现，不论是遇到生活中的艰难困苦，还是遇到读诗时的晦涩拗口，流沙河总能达观地笑出来，哪怕是苦笑。调笑之余他还可以巧妙地运用讽刺——由幽默上升为讥讽。

现实主义、幽默这两个特色显示了流沙河在诗学观念和叙述风格上的一致性。这种特色的形成受到了流沙河的教育经历、生存环境、时代因素等要素的多重影响，并最终造就了他独具一格的文化底色。

第二节 灵想、意象、语言：主张的背离

虽然流沙河的诗歌与诗论在风格和精神上具有相通之处，但在诗歌写作和批评的重要标准——审美标准上，流沙河的创作尚不统一。流沙河曾说："写诗，我爱明显出之，它合我的习性；读诗，我爱暗示出之，它有嚼头。"[①] 可见他在写诗和评诗时本来就用的是两套标准。写诗时，他更多的是根据自己简单明了的性情来写，而读诗时，他则更多的是以审美情趣来评判。流沙河曾总结台湾地区诗人施善继的缺点有三："一，追求实事反映，忽视灵想表现，结果是诗味不足；二，追求过程交代，忽视意象经营，结果是诗篇拖长；三，追求口语敷陈，忽视文字约束，结果是诗思散化。"[②] 这三点其实也可以用来形容他自己：灵想、意象和语言约束都是流沙河看重的，但他的诗歌却在这三方面都存在一定的不足，这是他诗论与诗歌创作的矛盾之处。

---

① 流沙河：《隐象》，《星星》1984年第6期，第94页。
② 流沙河：《台湾中年诗人十二家》，重庆出版社，1988年，第69页。

二者的背离首先表现在想象上。灵想就是想象，流沙河提出想象是心灵的视觉，关系到一个人的主观显象能力，它可以帮助诗人思接千载，视通万里。另外，意象的运营、象外之象的产生都需要想象发挥作用，可见他对想象的重视。但他的诗歌在想象力的腾飞方面无疑还做得不够。他写于新中国成立之初的诗歌单纯且充满着热血，处处洋溢着激情，但大都以客观地反映现实为写作手法，于审美维度欠缺雕琢，显得诗味不足。如《社里的日常生活》这组诗，虽然充满了对新生活的热情，但却流于对生活过于实际、刻板的描画而显得韵味较淡："客人来啦／张三哥屋里，／外祖爷坐鸡公车来啦；／李二娘屋里，／大女儿牵着外孙孙来啦；／杨老幺屋里，／赌咒不上女婿门的老丈母也笑嘻嘻地来啦。"①（《客人》）诗歌叙述了分红的热闹场面，但都是一句一句地铺陈实事，缺乏想象。又如"他两天吃不下饭啦／三天睡不着觉啦／他唱啊，笑啊……／／社里的年轻人，／眼红他，／嫉妒他，／天天找社长闹：'为啥不派我去，我高矮轻重门门够格，／气力也比他大。／不是吹牛，／社长，你来试试我的手劲……'"②（《拖拉机手》），虽然表达出了拖拉机手的兴奋之情，但是平铺直叙，不够含蓄。这些诗缺少言外之意，也很难让读者去思索象外之象，它们更多留下的是历史的痕迹，而不是对诗美的回味。

二者的背离还表现在意象经营上。流沙河提倡三柱论，认为诗歌的情智象三柱，就像人的魂魄、骨骼和相貌一样，三者互为补充，缺一不可。但他自己的创作实践在三柱的融合上却还有待提升。他的一些作品，要么智柱太长，重说理；要么情柱过长，重抒情，在造象方面更是往往缺失。

智柱过长的诗往往流于概念演绎，说理味浓。流沙河的《手

---

① 流沙河：《流沙河诗集》，上海文艺出版社，1982年，第8页。
② 流沙河：《流沙河诗集》，上海文艺出版社，1982年，第12页。

表》就存在这样的问题,诗歌把秒针比喻成鞭子:"得滴,得滴,得滴……/为辛劳的人伴唱,/为偷懒的人叹息。/红色的秒针,/光阴的鞭子,/追赶主人,一点也不留情。"① 连他自己都批评这首诗说教味太浓。类似的说理诗还有《火柴》《煤和壶》等,前者赞美火柴"烧毁自己,/点火给人类。/短短的一生不过几秒钟/却比虚度百年的人更可贵"②,后者赞美煤和壶"一个沉默,/可是工作很好/一个喧闹,夸自己的功劳"③。回顾流沙河的成名作《草木篇》,也很容易读出诗歌中的说理味道,其中所谓的意象经营不过是用了几个修辞罢了。总体而言,他的不少诗歌并没有制造出独特的意象,就算是在艺术手法上有所打磨,也大多以简单的比喻和拟人为主。虽然,在理性层面,流沙河已经并不怎么欣赏那些"只求眼前效用,忽视诗之长远存在"④ 的诗歌了,但囿于时代及自身阅历,他自己创作的诗歌也并未有较大突破。

被划为右派之后,流沙河的诗歌基调开始向内心沉潜,书写生活中的痛和悲哀成了主要情感。这一阶段,流沙河的诗歌虽然在诗艺上有所进步,开始注重氛围的营造,摆脱了初期的幼稚和单纯,但还是多以直白的口语写出,缺少诗歌的含蓄美。如《唤儿起床》,写作此诗时,流沙河以钉包装箱为生,八岁的儿子鲲鲲则是他的助手,早上儿子贪睡,总得由他来唤醒。第一段流沙河以窗外的景色唤鲲鲲:"枇杷在黄了/桃子在红了/你栽的南瓜也发芽了/呀!快起来看吧。"⑤ 第二段流沙河又着急地告诉鲲鲲他们的任务:"爸爸忙得很呢/又要挑水,又要煮饭/你快起来扫

---

① 流沙河:《流沙河诗集》,上海文艺出版社,1982年,第73页。
② 流沙河:《流沙河诗集》,上海文艺出版社,1982年,第74页。
③ 流沙河:《流沙河诗集》,上海文艺出版社,1982年,第75页。
④ 流沙河:《台湾中年诗人十二家》,重庆出版社,1988年,第14页。
⑤ 流沙河:《台湾中年诗人十二家》,重庆出版社,1988年,第129页。

扫地吧。"① 第三段流沙河又陷入了发愁的境地："我们的米坛子又要空了/借别人的钱也没有还/去年的房租也没有交/爸爸愁得通夜睡不着！"② 希望通过现实的窘迫来唤醒鲲鲲。这首诗语言平实，不施技巧，完全就是平日里父亲哄儿子的对话的再现，虽然诚恳地道出了自己对儿子的怜爱和身为人父的无奈，但在诗情的表达上有失含蓄内敛。正如前文所言，流沙河的这类诗更多的还是以真挚的情感取胜，而非精妙的诗艺，往往情柱出色而象柱稍有欠缺。与之形成对比的则是他在诗歌理论方面对意象的高度重视。总体而言，纵览流沙河诗集，可以发现他在意象营造上并不具有明显的风格和特色，这不能不说是一种遗憾。

流沙河诗论与诗歌的背离还表现在一个重要方面，那就是语言层面的凝练与否。流沙河曾以爬梯和跳梯来分别形容写散文和写诗歌，认为诗中存在许多断层，散文的内在逻辑则更强一些。从语言层面来讲，这种情况其实就是指诗歌的语言要更凝练一些，散文则更松散些。在理论上，流沙河认为不跳跃难以成诗歌，写得太连贯就成了散文。但在创作上，流沙河的诗歌语言却以敷陈闲散的口语为主，缺少跳跃性。比如《电车上的小姑娘》，"早晨/一个小姑娘/默默地读一本书/在喧嚣而拥挤的电车上"③，完全是在用散文的语言描述眼前的姑娘。《社长的笔记本》也是如此："夜晚/在昏暗的灯光下/社长翻开污黑的/油浸的/破烂的笔记本/埋头写着。"④ 这些语言就像是把散文分行排列，严格来说与诗的语言还存在一定的距离。

流沙河在自传中，总是说自己读了之前所作的诗歌后感到有些惭愧，从其创作实践看，这应该不仅仅是谦虚，而是在某种程

---

① 流沙河：《台湾中年诗人十二家》，重庆出版社，1988年，第129页。
② 流沙河：《流沙河诗集》，上海文艺出版社，1982年，第130页。
③ 流沙河：《流沙河诗集》，上海文艺出版社，1982年，第41页。
④ 流沙河：《流沙河诗集》，上海文艺出版社，1982年，第12页。

度上真正地意识到了自己的不足。相对早期作品来说，流沙河在"文化大革命"期间以及归来后的大部分诗作，情感真挚感人，不失为好的作品，但总体而言还是显得口语化、想象力不足，缺乏象外之象。后期的一些赞美功德之作如《孤立颂》《老人与海》等，虽然不再是单纯地图解政治，而是对人物的灵魂有所挖掘，但还是存在概念化的毛病。诗论与诗歌之间的不一致性显示出流沙河内在的某种分裂：他具有敏锐的诗歌感受力，但是在创作实践上又受到较大惯性的影响而显得艺术性不足。

第五章　诗歌重建中理论探索的得与失

流沙河的诗歌理论洋洋洒洒 70 万余字，是当代文坛的一笔巨大财富。他广博的学识、深入的研究、独特的体悟都成为其诗论的亮点，在丰富了读者审美体验的同时，也充实了 20 世纪 80 年代的诗歌理论。当然，由于自身及时代环境的影响，他的诗论也存在一定的不足。

流沙河的诗歌理论主要写作并出版于 20 世纪 80 年代，这并非偶然，而是有着深刻的社会背景。20 世纪 80 年代，往往被追忆为诗歌的"黄金年代"。一方面，归来诗人、朦胧诗人、大学生诗人等诗歌创作者、习作者甚众。当时，"正值当代中国思想最为活跃，社会心态最为健康的一个时期：思想解放运动、实践是检验真理的唯一标准，打破了相当长一个时间以来讲话的意识形态对中国人思想、精神的禁锢。新的思想需要表达，新的情怀需要抒发，新的人生期待需要吟咏，新的历史使命需要放怀……"[①] 李黎的这段话不仅适用于大学生，也适用于当时爱好诗歌的其他群体。另一方面，诗歌爱好者的数量众多。当时《诗刊》的编辑王燕生回忆，"那时，是中国诗歌燃放焰火的节日，是诗插上翅膀飞遍神州大地的日子。一位听众收听中央台播放的《呼声》时，因激动而捏碎了收音机；一项诗歌评选竟收到数十万张选票；每所大学几乎都有自己的诗社；一份诗歌刊物发行量

[①] 李黎，《诗的青春　诗的校园》，载自姜红伟编著：《20 世纪 80 年代大学生诗歌运动访谈录》，北岳文艺出版社，2019 年，第 16 页。

第五章　诗歌重建中理论探索的得与失

可达四十万份；陨落的《星星》重新在天空升起；诗人访问团最早去沿海听大海的声音；首都体育馆举办诗歌朗诵，观众万名，座无虚席……那时，诗是天气预报，是兴奋剂，是舒筋活血丹"①。全社会范围内的诗歌复兴，以及庞大的诗歌创作者、读者群的存在，均推动了诗歌理论的繁荣。

　　首先，朦胧诗作为一种新的创作现象所引起的波澜、激发的论争，直接助推了对于诗歌理论的探求。1979年10月29日至10月31日，上海文学编辑部举行诗歌座谈会，围绕新人创作、诗歌与生活的关系、诗歌的现实主义传统等问题进行了讨论和争鸣。1980年2月，《福建文艺》针对舒婷诗歌展开讨论，"编者按"敏锐地指出关于舒婷诗歌的论争涉及许多重要问题："诗歌可不可以抒发个人感情；抒个人之情与反映社会生活、表现时代精神的关系如何；怎样扩大诗歌的题材领域；怎样看待诗歌的社会职能；新诗应如何吸收外来形式，这与民族化、大众化的关系如何；等等"②，这些问题并没有单纯地就事论事，而是拓展到具体个例之外，显示出编辑的战略眼光。1980年4月，南宁诗会召开，会议围绕青年人的创作进行了激烈的争论，这些争论"唤起了人们对于诗歌理论研究与建设的警觉与关注"③，也促使当代文学史上第一本诗歌理论刊物《诗探索》应运而生。1980年8月，《诗刊》开始集中刊发有关"朦胧诗"论争的文章，从"懂与不懂"的角度进行介入。1980年9月20至27日，《诗刊》在北京东郊定福庄组织召开了全国诗歌理论座谈会，到场的诗人、诗论家针对新诗未来应该遵循的道路、诗与现实的关系以及诗歌现代化、学习外国问题等展开了热烈的讨

---

① 王燕生：《上帝的粮食》，古吴轩出版社，2004年，第1页。
② 《关于新诗创作问题的讨论·编者按》，《福建文艺》1980年第2期，第62页。
③ 谢冕：《从〈诗探索〉到〈觅食记〉》，《中华读书报》2022年1月26日第18版。

论。这些讨论所涉及的问题是复杂的,广泛地触及了继承与创新、表现自我与反映时代等涉及新诗未来发展道路的重要问题。同时,朦胧诗所带来的新的诗歌艺术观念也激发了诗歌界对"朦胧""含蓄""晦涩"等内涵的思考,以及对古典诗歌传统、外来诗歌艺术中的"意象""蒙太奇""象征""想象"等的兴趣。可以说,新诗创作的突破与发展呼唤着新诗理论自身的变革。

其次,诗歌习作群体的热情激发了诗学原理蓬勃发展的内在需求。正如前文所言,诗歌创作理论的勃兴是源于满足诗歌创作群体的需求,那么同样,这一时期诗坛对诗学基本原理产生的兴趣也与之相关。这从当时一些诗歌刊物的读者来信栏的内容中可见一斑。有一个读者认为《诗刊》搞的理论内容不够,因此提出了意见:"办些古典名篇讲座,也搞一些知识性东西,也搞一些古今名篇欣赏……你们现在是只搞创作吗?那还不如名之为《诗创作》。"①《星星》的一些读者也非常喜欢讲述诗歌基本知识的栏目。当时,四川一些刚满17岁的中学生组成了"学友文学社",当社内的同学们得知《星星》将举办"诗歌知识讲座"时,显得"高兴极了"②。栏目在开办之后,也得到了读者的极大欢迎,河北省邢台县王快公社河会大队的窦源说:"《诗歌知识讲座》栏目办得好,对于写诗新手有启发。《什么是诗》写得很不错。……还总结出诗歌四要素,使初学写诗的人心里有了底数。"③ 而《诗刊》举办诗歌函授学院可以视作满足这一理论需求的最显著表征。1983年,《诗刊》开始酝酿筹办函授班。1984年4月,在《诗刊》杂志社的全社大会中,丁国成详细谈了"办

---

① 王佩唐:《希望〈诗刊〉搞"古今中外"》,《诗刊》1980年第6期,第29页。
② 陈新:《我们喜欢的栏目》,《星星》1982年第4期,第109页。
③ 窦源:《〈诗歌知识讲座〉办得好》,《星星》1982年第6期,第110页。

第五章　诗歌重建中理论探索的得与失

班缘起""指导思想""组织机构""函授大纲""函授方案"等 8 个问题,明确办班缘起是许多"初学写作者和青年读者,经常来信,要求我们解答诗歌创作和理论中的种种问题。……为了满足他们的学习愿望和文化需求,普及诗歌基本知识,培养青年作者,促进诗歌事业的繁荣,我们拟办诗歌函授班"[1]。而在函授班讲授的 11 项教学内容中,诗歌理论知识、诗歌写作知识占据一半左右,包括诗歌基本知识讲话、诗歌写作技巧漫谈、获奖诗人谈创作经验、学诗之路、古今中外名诗赏析、诗论摘编等。

不仅如此,当时不少诗论专著,也表达了为诗歌爱好者和习作者服务的意愿。尹在勤在《新诗漫谈》的序言中说,希望自己的书能够"给青年诗歌同志介绍一些诗歌基本知识,怎样把诗写得深一点、巧一点、耐人寻味一点"[2]。1984 年,谢冕在为《诗的技巧》撰写序言时不无兴奋地写道,他长期以来就在盼望着该书的出版,希望其"能够提高诗歌爱好者的创作水平和欣赏水平……从诗的特性出发,对一般的和常见的规律性加以讨论和辨析,无疑将赢得亟需帮助的广大诗歌爱好者和习作者的欢迎"[3],而这"正是广大的诗歌爱好者和习作者所期望的"[4],由此可见文中多次出现的爱好者和习作者并不是一种套话,而是现实需求的反映。

---

[1] 丁国成:《〈诗刊〉如何办起"刊授"来》,《扬子江诗刊》2006 年第 6 期,第 59 页。
[2] 尹在勤:《新诗漫谈(修订本)》,陕西人民出版社,1981 年,《初版卷头语》,第 2 页。
[3] 谢文利、曹长青:《诗的技巧》,中国青年出版社,1984 年,《序言》,第 1 页。
[4] 谢文利、曹长青:《诗的技巧》,中国青年出版社,1984 年,《序言》,第 3 页。

第一节　普及诗歌知识，助力诗歌重建

客观而言，流沙河的诗歌理论，并不能脱离于当时的诗歌理论热。他对诗歌本质的探寻、对创作论的关注、对台湾地区现代派诗歌的评析，都与诗歌重建的大背景有关。只不过，流沙河并未直接参与那些纷纷扰扰的论争，而是以理论建设的形式间接地回应了诗歌未来发展的道路问题，对中国尚在建设中的诗学理论做出有益的探索和补充。

在诗学原理方面，流沙河对"象"的强调，呼应了诗坛对形象思维的讨论，有助于反拨以往过于直白的诗风，纠正诗坛语言散漫、口语化的现象。同时，他对诗歌意象、象征的研究以及古典文论的运用，也为诗坛提供了激活古典文论的良好示范。尽管他对古典文论的重视在当时略显保守，但在一定程度上能够启示诗坛客观看待西方的各种主义、流派，避免崇洋媚外的现象发生。

在诗歌批评方面，流沙河对台湾地区诗歌的介绍，有助于改善长期以来诗坛的封闭状况。以历史视角观看，纵然一开始他与台湾地区一些诗人产生了论战，但从另一个角度来看，论战往往能成为一种传播方式，使论述对象更广为人知。流沙河对台湾地区诗歌尤其是诗艺的宣传贡献颇多，他的介绍促进了两岸诗艺交流，给彼时的诗坛带来一股新风气。

而在诗歌创作论层面，流沙河的创作理论则直接服务于诗歌习作者与爱好者。在流沙河的《写诗十二课》发表以后，1984年7月，《星星》刊出了一篇名为《听流沙河讲诗》的文章，文中虚拟了三个对话人，对流沙河在1983年连载的《写诗十二课》"讲座"进行评价。其中作为"初学写诗者"的小孙这么评价：

"太好了！真的。解决了我好多原来搞不清楚的问题。"① "每一课都好。比如：怎样选题、怎样立足、怎样搭架、怎样开头……怎样结尾等等……听了讲座后，我写诗时的思路开放了好多。"② 老赵作为"不偏不倚者"则认为："站在初学写诗者的角度，他的课显得实际、中肯，稳妥。如果硬要苛求，可以指出他太注重诗的艺术技巧本身，而未能从哲学的、美学的、历史的高度论诗。"③ 这些话透露出今人与时人对流沙河的认知差距。在今天看来，流沙河当然不可能被划分为过于追求诗歌艺术的那类诗人，但是当时却批评他"没有特别强调诗歌反映时代精神的思想力量和情感力量"④，这不能不令人感到疑惑。这种认知差距应该与这篇文章的写作时间有关，该文章写作于1984年1月，当时正处于清除精神污染运动中，对流沙河提出这种要求，可能是刊物作出的表态。另外，大钱作为"吹毛求疵者"则认为，流沙河的讲课中有"信口雌黄"⑤之处，比如将诗歌的结构秘密归结为"起承转合四段法"⑥，又或声称"缺象不成诗"⑦。大钱认为这两种说法有绝对之处，这有一定的道理。由上述评价可以看到流沙河《写诗十二课》在当时的社会效果。

第二节 博学与严谨造就的深入与独特

在前述三人的评价中，老赵总结了流沙河讲座的四个令人击节的特点："第一，旁征博引，才气横溢，信手拈来，多为妥帖

---

① 张驰：《听流沙河讲诗》，《星星》1984年第7期，第106页。
② 张驰：《听流沙河讲诗》，《星星》1984年第7期，第106页。
③ 张驰：《听流沙河讲诗》，《星星》1984年第7期，第109页。
④ 张驰：《听流沙河讲诗》，《星星》1984年第7期，第111页。
⑤ 张驰：《听流沙河讲诗》，《星星》1984年第7期，第107页。
⑥ 张驰：《听流沙河讲诗》，《星星》1984年第7期，第107页。
⑦ 张驰：《听流沙河讲诗》，《星星》1984年第7期，第108页。

之词。持之有据,且要言不顺。第二,文笔活脱,论述随意,振振有词,谈笑自若。感情常露笔端,显得风格鲜明,富于个性。这一点特别引人注目。第三,不故弄玄虚,不故作高深,不一本正经,不煞有介事。而是以平等姿态面对初学者,面对读者听众,深入浅出,循循善诱。第四,语辞文风无丝毫八股气:生动,形象,亲切,自然(近乎随意化的)。"① 这些特征不仅适用于《写诗十二课》,也适用于流沙河诗歌理论的整体风格。在此基础上,笔者总结出流沙河的诗论有三个重要特点:细致深入、独特新颖、旁征博引。

深入透彻是流沙河诗论的第一大特点,对于诗学理论中的问题,流沙河总是条分缕析,娓娓道来,让我们对问题的来龙去脉了解得清清楚楚。如他对意象的研究,且不论观点本身是否足够科学,把流沙河的意象论与同时期其他的一些诗论家比较,就会发现,大部分诗论家在研究意象时,无论是在意象的内涵和外延上,还是在意象的分类上,都没有流沙河划分得这么细致和全面。在讨论意象的十二篇文章中,流沙河几乎在每一篇文章中都援引古今为他所用,将问题讲得明明白白。仅以《隐象》为例来说明。流沙河在《隐象》一文中,从斯芬克斯之谜说到诗谜同源,又从《吴越春秋》里的《弹歌》聊到中国最古老的诗谜,中间还引用《史记》《文心雕龙》《荀子》等书中的故事让读者得以进一步直观地了解"隐"的含义;在举例方面,流沙河以姜夔的《齐天乐·蟋蟀》、虞世南的《咏蝉》、邵燕祥的《谜语》、曾卓的《生命》、邹荻帆的《蕾》等古今诗歌为例,边展示边赏析。读完整篇文章后,读者定会对什么是"隐"、如何制造隐象、隐象的妙处等有所收获。

除了意象,流沙河对想象、对如何写诗、对诗中的画与说也

---

① 张弛:《听流沙河讲诗》,《星星》1984年第7期,第109页。

第五章 诗歌重建中理论探索的得与失

都有详尽的研究,这些成果异于一般理论家的地方就在于其延伸得广而深,而不是就事论事,由此可以想见流沙河在进行理论探索时的辛劳付出。

独特新颖的视角可谓流沙河诗论的第二大特点。流沙河曾说自己"不肯追潮赶浪,人云亦云"①,他在赏析诗歌的内容和技巧时,总能独辟蹊径,得出与众不同的体验。马致远的《天净沙·秋思》是一首被人阐释过无数遍的诗歌,赏析时难免造成重复,而流沙河却从"空间"这个新角度进行切入,情境感很强。四句诗看到的景物刚好是四个角度:仰脸、平视、低头、遥望。跟着流沙河描述的情态,我们不由得想起主人公孤独、落寞的身影,甚至与主人公自然而然地融为一体。又比如对李煜《相见欢》的理解,虽然我们都知道这首诗歌营造了一种感伤的氛围,但一般人的关注点都在无言、钩月、梧桐等意象上,并没有关注过"西楼",而流沙河却独独关注了西边这个方向,他认为,只有在西楼才能看见弯月、晚霞等最容易令人伤感的景色,所以李煜才非要登西楼而不是东楼抑或南楼。

设身处地的创作角度也是流沙河诗歌评论的独特之处。他善于利用自己在诗歌创作时的经验与教训以及对中西诗歌理论的深刻感悟来体会别人创作诗歌时的感受,由此产生了一些创造性的见解。比如他对余光中《乡愁》结胎的理解,认为这首诗是先有结尾,然后再慢慢补充内容,倒推形成的。结合流沙河的分析再细读这首诗,我们会发现他说的不无道理。

流沙河的创作论不仅仅为学诗者提供了良好的建议,同时也为批评者开发了独具风格的新角度。读了他的创作论后,我们可以从诗歌的时空立足稳当与否,窥知一首诗的内外情理和逻辑是否分明;从形于言的途径,判断一首诗是直抒胸臆、寓情于理还

---

① 流沙河:《余光中一百首》,四川文艺出版社,1988年,《编者说明》,第2页。

是溶情于象，从而进一步评判其优劣；可以从显象水平的高低，看出诗人想象力的丰富与匮乏；从成象的好坏来了解诗人表意的水平……流沙河的几乎每一篇谈创作的文章，都可以用来谈批评。这种批评视角是诗人兼理论家的双重视角，如果不具备诗歌创作体验则很难驾驭。

流沙河诗歌评论的第三个特点是对古典文论能够随时旁征博引。在流沙河的诗歌原理及批评中处处可见古典文学作品与理论的身影，他信手拈来的诗句大都是古典的，他所使用的批评术语也是古典的。

流沙河曾经用"坐驰"来赏析纪弦《你的名字》。坐驰来源于《庄子·人间世》——"瞻彼阕者，虚室生白，吉祥止止。夫且不止，是之谓坐驰"[1]，也即形体安坐不动，而内心却存有杂念。唐代刘禹锡《董氏武陵集纪》言："片言可以明百意，坐驰可以役万里。"[2] 坐驰由此成为文学批评术语，指精神驰骋千里之外。《你的名字》是一个人的独白，作者用憧憬为自己创造了一个"超空间的现场"[3]，而倾诉对象"你"就在里面。这种本领被流沙河称为"坐驰"：不管"你"在何方，"我"都可以在这个虚拟现场里向"你"进行倾诉，这与"坐驰"传达的境界相似。流沙河还用《诗式》"三偷"——偷语、偷意、偷势来赏析戴望舒的用典水平。戴望舒《游子谣》中的一句"篱门是蜘蛛的家，土墙是薛荔的家"[4]，流沙河读出它们分别出自《诗经》中的"蟏蛸在户"[5] 和唐代柳宗元的"密雨斜侵薜荔墙"[6]。据此，

---

[1] 张耿光译注：《庄子全译》，贵州人民出版社，2008年，第48页。
[2] 刘禹锡：《刘禹锡集》，上海人民出版社，1975年，第172页。
[3] 流沙河：《第一篇：形式不重要吗？》，《文谭》1982年第1期，第41页。
[4] 戴望舒：《戴望舒诗集》，四川人民出版社，1981年，第82页。
[5] 柴华：《中华文化典籍精华 诗经》，黑龙江人民出版社，2004年，第189页。
[6] 丁华民、孟玉婷：《文豪书系·柳宗元（第十三卷）》，吉林文史出版社，2006年，第168页。

流沙河判断戴望舒还是在表述前人已有的意象，并未超出"三偷"范围，因此尚未达到典象的标准。流沙河还在其他篇章中复活了古典文论的术语，如赋比兴、谐隐、深得风人之旨等。他对这些古典文论能够驾轻就熟、如数家珍，对古代文论的开发运用和现代诗欣赏而言无疑都有莫大的益处。

流沙河的诗歌理论旁征博引，视角独特，对一些问题的研究非常深入透彻，他在诗论中表现出来的博学、睿智和严谨，以及他对诗歌理论的独到见解与阐释，都值得后来者学习和借鉴。同时，流沙河踏实的研究态度和严谨的治学方法也是当下许多批评家所缺失的。当前的诗歌研究，不少都带有功利性，而诗歌研究的方法，很多也都是玩弄概念、食洋不化，把诗歌理论搞得天花乱坠，看起来高深莫测，事实上则空洞无物。流沙河的研究关注诗歌的基本要素，踏踏实实，绝不哗众取宠，这种态度值得提倡和推广。

第三节　时代与个人囿限下的不足

尽管流沙河的诗歌理论有诸多优点，我们也不得不指出，由于时代和个人的局限，他在诗学原理、创作论及评论中也表现出了一定的保守性和片面性，这在一定程度上影响了他诗论的现代性和客观性。

在诗学原理中，他的保守和片面主要体现为他对西方意象主义的偏颇认识、对一些理论的"新瓶装旧酒"等。如他的意象理论、三柱论等，虽然属于新研究角度，探讨也较深入，但从内容上来看，其观点承继传统诗学较多。他的"十二象"在体例上，也是先回顾古代诗论，再进入现代诗部分，对古典文论有颇多依赖。尽管传统非常重要，但是在20世纪80年代初，我们需要承认诗学理论其实更需要的是引进，正如一些更为开明的诗论家所言:"我们承认传统、尊重传统,然而我们却要不断地打破传统,特别是在社会生产力发生巨大变化,文学面临重要的突破和变革的时候,我们首先要强调打破,强调同古典作家分庭抗礼。"① "现在,主要是克服长期闭关锁国状态所造成的狭窄眼界和保守心理;对一些看不惯的东西,不加分析就大惊小怪。"② 在大家都强调"引进"的时候,流沙河的态度难免会显得有些局促。此外,在创作理论上,他的保守与片面主要体现为过于重视诗歌的内容,而对诗歌技巧研究不足。他的创作理论主要关注的是诗歌的构思过程、结构、主题思想等较为宏观的问题,对诗歌语言、节奏、意象等细节问题该如何处理则涉及较少。这与他自身的创作体验相关。作为诗人,流沙河的创作实践在一定程度上限制着他对一些创作理论的认识,自身在艺术技巧上的不足也导致了其在理论上的缺失。在诗歌评论上,他的不足主要体现为他对台湾地区现代派的偏见和误读。其实,在未接触现代派的诗歌时,流沙河就已经非常反感所谓的"现代风"了。而真正接触之后,他也是带着怀疑的先见去读的。这样的态度使他对这些诗歌的不满早已是如鲠在喉,不得不吐了。他常在书中调侃"读不懂"这些现代诗,这表面上是自谦,事实上主要是对其晦涩诗风的讽刺。其实这些诗歌并非令人读不懂,但只是流沙河囿于自己保守的欣赏习惯,在当时不能理解罢了。

流沙河的保守片面与他在特殊时代下形成的诗学观念密切相关。一方面,由于深受特殊环境下社会主义现实主义的影响,流沙河在诗歌评论中过度重视功利性的标准,所以他对一些诗歌的思想内容、价值等产生了误读,同时也在创作理论上表现出重内

---

① 吴思敬:《时代的进步与现代诗》,《诗探索》1981年第2期,第149页。
② 邵燕祥:《人间要好诗——对当前新诗一些问题的看法》,《诗探索》1982年第2期,第13~14页。

第五章　诗歌重建中理论探索的得与失

容、轻技巧的特点。另一方面,"点到即止"的批评方式,也使他对一些问题及作品的分析流于表层,缺乏深度。

此外,流沙河的诗论中也有极少数望文生义之处,这体现为他对一些古代经典作品的解释欠妥。如《易·乾·九三》:"君子终日乾乾,夕惕若,厉。无咎。"① 对于这句话的意思,他解释为有一个当官的人,整日整夜提心吊胆,虽然他的情况严重,但不会受到什么处分,把"乾乾"理解为"战战兢兢"②。《易传》是目前解《易》的最早之作,其中《文言传》对"终日乾乾"是这么解释的:"是故居上位而不骄,在下位而不忧,故乾乾因其时而惕,虽危无咎矣。"③ 意思是说,君子不论处在什么职位,只要终日勤勉警惕,就算处于危境也能免除灾祸。著名学者高亨在《周易大传今注》也把"乾乾"解释为勤勉努力。时至今日,这句话已经演变为成语"朝乾夕惕",其含义也跟"勤勉相关"④。可见,"乾乾"在人们心中已有了一个相对固定的解释,而流沙河的解释与它明显有所偏差。此外流沙河还把"绘事后素"理解为"丹青描好后,飞白自然显露出来"⑤。其实这四字出自《论语·八佾》,朱熹对此的解释是"绘事,绘画之事也。后素,后于素也。……谓先以粉地为质,而后施五采,犹人有美质,人后可加文饰"⑥,就是指先有素色的画布才能在上面进行彩绘,现在我们多用来比喻要有良好的质地才能进行更好的加工,与流沙河所言并不一致。

需要特别指出的是,流沙河诗歌理论虽然带有一定的保守性

---

① 王弼:《周易注校释》,楼宇烈校释,中华书局,2012年,第1页。
② 流沙河:《〈易〉之象》,《星星》1984年第1期,第99页。
③ 宋书升:《周易要义》,齐鲁书社,1988年,第299页。
④ 高亨:《周易大传今注》,齐鲁书社,1979年,第57页。
⑤ 流沙河:《象外之象》,《星星》1984年第12期,第89页。
⑥ 朱熹:《论语集注》,齐鲁书社,1992年,第22页。

和片面性，但这是有深刻客观原因的，我们对此应持包容态度，不应吹毛求疵。在很长一段时间内，中国文坛唯现实主义独尊，文学成了政治的简单传声筒。20世纪80年代初，一切都刚刚解冻，流沙河对台湾地区诗歌的评价自然会带有时代的惯性和政治的偏见，这是一个普遍的时代现象，而非完全是个人原因。况且，应该看到流沙河批评标准的前后变化，按照时间顺序来阅读他评价台湾地区诗歌的几本书时，可以发现时代越往后，他对艺术标准就越重视，对非艺术的标准则关注度更低。这既是流沙河个人审美意识的觉醒，也是时代审美意识的觉醒。因此，尽管他的诗歌理论还存在着难以避免的保守性与片面性，但也应看到，他也在不断地尝试打开自己，吸收外来诗学精华，更新自己的诗学观念，这是难能可贵的。而时代与政治给流沙河的诗论带来的不足则启示我们谨记历史教训，让文艺向更健康的方向发展、繁荣。

附录 流沙河部分诗歌理论的初刊本

《台湾诗人十二家》

《星星》1982 年第 1 期	独步的狼
《星星》1982 年第 2 期	做梦的蝶
《星星》1982 年第 3 期	浴火的凤
《星星》1982 年第 4 期	举螯的蟹
《星星》1982 年第 5 期	忧船的鼠
《星星》1982 年第 6 期	哀叫的鸟
《星星》1982 年第 7 期	孤吟的虎
《星星》1982 年第 8 期	跳跃的鹿
《星星》1982 年第 9 期	飞逃的鹤
《星星》1982 年第 10 期	抗议的鸡
《星星》1982 年第 11 期	浪游的鱼
《星星》1982 年第 12 期	流泪的鲸

《写诗十二课》

《星星》1983 年第 1 期	选题
《星星》1983 年第 2 期	结胎
《星星》1983 年第 3 期	立足
《星星》1983 年第 4 期	搭架
《星星》1983 年第 5 期	起头

续表

《星星》1983年第6期	动情
《星星》1983年第7期	显象
《星星》1983年第8期	成象
《星星》1983年第9期	组象
《星星》1983年第10期	分层
《星星》1983年第11期	跳层
《星星》1983年第12期	结尾

《十二象》

《星星》1984年第1期	《易》之象
《星星》1984年第2期	象征
《星星》1984年第3期	兴象
《星星》1984年第4期	喻象
《星星》1984年第5期	拟象
《星星》1984年第6期	隐象
《星星》1984年第7期	典象
《星星》1984年第8期	赋象
《星星》1984年第9期	意象
《星星》1984年第10期	意象派一例——伊兹拉·庞德《地铁站内》
《星星》1984年第11期	客观对应物象
《星星》1984年第12期	象外之象

《隔海说诗》

《文谭》1982年创刊号	形式不重要吗
《文谭》1982年总第2期	回头遥看现在

续表

《文谭》1982 年总第 3 期	不说凄凉更凄凉
《文谭》1982 年总第 4 期	短短的叙事诗
《文谭》1982 年总第 5 期	情诗总要趣味高尚
《文谭》1982 年总第 6 期	溶哀愁于物象
《文谭》1982 年总第 7 期	一首诗的讨论
《文谭》1982 年总第 8 期	小小情趣五女图
《文谭》1983 年第 1 期	玄到尽头成笑话
《文谭》1983 年第 2 期	两类反讽
《文谭》1983 年第 3 期	气氛是宾不是主
《文谭》1983 年第 4 期	伞之趣
《文谭》1983 年第 5 期	诡怪的意象
《文谭》1983 年第 6 期	多情往往入迷

《海外奇诗丛谈》

《星星》1985 年第 1 期	嬉皮诗人射尿
《星星》1985 年第 2 期	一叶落寂寞
《星星》1985 年第 3 期	大猫、大蜘蛛

参考文献

艾青，1980. 诗论［M］. 北京：人民文学出版社.
安旗，1990. 李白全集编年注释：上［M］. 成都：巴蜀书社.
白居易，1999. 白居易全集［M］. 丁如明，聂世美校点. 上海：上海古籍出版社.
波德莱尔，2013. 恶之花［M］. 郭宏安，译. 上海：上海译文出版社.
柴华，2004. 中华文化典籍精华 诗经［M］. 哈尔滨：黑龙江人民出版社.
陈超敏，2013. 沧浪诗话评注［M］. 上海：上海三联书店.
陈朝红，1988. 流沙河归来十年［J］. 当代文坛（3）：30－34.
戴望舒，1993. 戴望舒名作欣赏［M］. 孙玉石，编写. 北京：中国和平出版社.
丁国成，2006.《诗刊》如何办起"刊授"来［J］. 扬子江诗刊（6）：58－60.
丁慨然，2006. 慨然诗论［M］. 北京：中国国际广播出版社.
丁永淮，1991. 论流沙河的诗［J］. 文学评论（3）：144－149＋16.
段宝林，1980. 西方古典作家谈文艺创作［M］. 沈阳：春风文艺出版社.
傅天琳，1980. 绿色的音符［M］. 成都：四川人民出版社.
干天全，2013. 新诗文体概念与边界［J］. 华文文学评论：208－214.

参考文献

耿占春,1982. 论想象的形式 [J]. 诗探索 (2): 164-175.
古远清,1985. 读流沙河的诗论 [J]. 大理师专学报 (社会科学版) (Z1): 45-50.
古远清,1986. 中国当代诗论50家 [M]. 重庆: 重庆出版社.
古远清,1993. 成绩与问题: 大陆的台湾新诗研究 [J]. 当代文坛 (5): 12-13.
古远清,2013. 中国大陆台港文学研究的走向及病相 [J]. 中国现代文学研究丛刊 (6): 144-154.
郭超,1979. 诗的艺术欣赏与创作 [M]. 呼和浩特: 内蒙古人民出版社.
郭绍虞,1981. 中国历代文论选 [M]. 北京: 中华书局.
韩非,2008. 韩非子 [M]. 李维新,等注译. 郑州: 中州古籍出版社.
何其芳,1956. 关于写诗和读诗 [M]. 北京: 作家出版社.
何其芳,2000. 何其芳全集: 第1卷 [M]. 石家庄: 河北人民出版社.
黄集伟,1986.《隔海说诗》漫想 [J]. 读书 (5): 102-103.
黄霖,蒋凡,2022. 中国古代文论选编: 上卷 [M]. 上海: 复旦大学出版社.
黄鹏,2002. 贾岛诗集笺注 [M]. 成都: 巴蜀书社.
黄树红,2000. 一个特殊的文学典型——流沙河诗的抒情主人公形象 [J]. 当代文坛 (3): 43-46.
黄维梁,1987. 蜀中大将: 流沙河及其作品 [J]. 华文文学 (3): 60-63.
纪弦,1978. 纪弦自选集 [M]. 台北: 黎明文化事业股份有限公司.
季元龙,1983. 有感于"我读不懂"[J]. 文谭 (9): 42-43.
姜红伟,2019. 20世纪80年代大学生诗歌运动访谈录 [M].

121

太原：北岳文艺出版社.

克罗齐，1987. 美学原理［M］. 朱光潜，译. 北京：外国文学出版社.

旷新年，2014. 现实主义，广阔道路还是窄路——当代现实主义的境遇［J］. 文艺研究（6）：25-36.

莱辛，1979. 拉奥孔［M］. 朱光潜，译. 北京：人民文学出版社.

蓝海文，1988. 当代台湾诗粹［M］. 长沙：湖南文艺出版社.

李白，2013. 李白选集［M］. 郁贤皓，选注. 上海：上海古籍出版社.

李季，2000. 王贵与李香香［M］. 北京：人民文学出版社.

李怡，2004. 中国现代诗歌欣赏［M］. 北京：高等教育出版社.

李怡，2014. 中国现代新诗与古典诗歌传统［M］. 北京：中国人民大学出版社.

梁实秋，蒋复璁，2013. 徐志摩全集：第2卷［M］. 北京：中央编译出版社.

刘半农，2009. 刘半农文集［M］. 北京：线装书局.

刘禹锡，1975. 刘禹锡集［M］. 上海：上海人民出版社.

刘跃敏，2002. 深沉庄重、意趣悠远——论《流沙河诗集》的艺术特色［J］. 广西民族学院学报（9）：119-123.

刘跃敏，冯彪，2002. 论流沙河诗歌的审美特色［J］. 华南师范大学学报（5）：75-77+134.

刘智祥，1984. 嫦娥和上帝——流沙河的月亮太阳诗［J］. 当代作家评论（5）：83-84+91.

流沙河，1982. 流沙河诗集［M］. 上海：上海文艺出版社.

流沙河，1983. 故园别［M］. 成都：四川人民出版社.

流沙河，1983. 台湾诗人十二家［M］. 重庆：重庆出版社.

流沙河，1983. 游踪［M］. 哈尔滨：黑龙江人民出版社.

流沙河,1984. 隔海说诗 [M]. 北京:生活·读书·新知三联书店.

流沙河,1985. 写诗十二课 [M]. 成都:四川文艺出版社.

流沙河,1987. 十二象 [M]. 北京:生活·读书·新知三联书店.

流沙河,1988. 锯齿啮痕录 [M]. 北京:生活·读书·新知三联书店.

流沙河,1988. 台湾中年诗人十二家 [M]. 重庆:重庆出版社.

流沙河,1988. 余光中一百首 [M]. 成都:四川文艺出版社.

流沙河,1989. 独唱 [M]. 广州:花城出版社.

流沙河,1995. 流沙河诗话 [M]. 成都:四川文艺出版社.

陆侃如,牟世金,1982. 文心雕龙译注:下册 [M]. 济南:齐鲁书社.

鹿国治,1982. 想象之于今日新诗 [J]. 诗探索(4):154-165.

罗门,1975. 罗门自选集 [M]. 台北:黎明文化事业股份有限公司.

洛夫,1975. 洛夫自选集 [M]. 台北:黎明文化事业股份有限公司.

骆寒超,1981. 新诗的意象艺术 [J]. 诗探索(4):119-133.

毛泽东,1991. 毛泽东选集:第3卷 [M]. 北京:人民出版社.

孟子,2000. 孟子 [M]. 杨伯峻,杨逢彬,注释. 长沙:岳麓书社.

欧阳近士,1983. 《流沙河诗集》读后感 [J]. 文谭(7):25-26.

彭斯远,1986. 幽默冲淡,刚柔相济——流沙河文风一瞥 [J]. 当代文坛(3):25-27.

人民文学出版社编辑部,1980. 台湾诗选 [M]. 北京:人民文学出版社.

邵燕祥,1982. 人间要好诗——对当前新诗一些问题的看法[J]. 诗探索（2）：1-34.

宋乐永,1982. 从人面桃花谈起[J]. 诗探索（4）：175-180.

宋书升,1988. 周易要义[M]. 济南：齐鲁书社.

宋晓明,刘蔚,1998. 追寻1978：中国改革开放纪元访谈录[M]. 福州：福建教育出版社.

苏轼,2001. 苏轼全集[M]. 王文浩,注. 于宏明,点校. 长春：时代文艺出版社.

孙立志,2007. 现实、古典、区域化——流沙河诗歌艺术研究[D]. 重庆：西南大学.

覃子豪,1984. 覃子豪诗选[M]. 北京：中国友谊出版公司.

王弼,2012. 周易注校释[M]. 楼宇烈,校释. 北京：中华书局.

王燕生,2004. 上帝的粮食[M]. 苏州：古吴轩出版社.

韦勒克,沃伦,1984. 文学理论[M]. 刘向愚,刑培明,陈圣生,等译. 北京：生活·读书·新知三联书店.

闻一多,1993. 闻一多全集：第10卷[M]. 武汉：湖北人民出版社.

吴思敬,1981. 时代的进步与现代诗[J]. 诗探索（2）：145-150.

伍蠡甫,1984. 西方古今文论选[M]. 上海：复旦大学出版社.

肖体仁,2002. 流沙河诗歌的形式美[J]. 重庆大学学报（社会科学版）（8）：32-34.

谢冕,1989. 诗人的创造[M]. 北京：生活·读书·新知三联书店.

谢文利,曹长青,1984. 诗的技巧[M]. 北京：中国青年出版社.

参考文献

熊光炯，1982. 太阳在流沙上闪烁——流沙河和他的诗[J]. 诗探索（3）：119-135.

徐民和，1985. 流沙河隔海谈诗[J]. 瞭望周刊（44）：35-36.

痖弦，1977. 痖弦自选集[M]. 台北：黎明文化事业股份有限公司.

杨鸿烈，1928. 中国诗学大纲[M]. 上海：商务印书馆.

杨匡汉，1986. 中国新时期的诗美流向[J]. 文学评论（3）：16-25.

叶潮，1985. 口语化与幽默感——流沙河诗歌艺术探微[J]. 当代文坛（11）：11-15.

尹在勤，1981. 新诗漫谈（修订本）[M]. 西安：陕西人民出版社.

咏羲，2008. 余光中评说五十年出版[J]. 世界华文文学论坛（3）：50-54.

余光中，2005. 情人的血特别红：余光中自选集[M]. 天津：百花文艺出版社.

袁可嘉，1980. 外国现代派作品选：第1册（上）[M]. 上海：上海文艺出版社.

袁明光，1987. 论诗歌的灵视[J]. 学术论坛（6）：40-45.

臧克家，2002. 臧克家全集：第10卷[M]. 长春：时代文艺出版社.

张弛，1984. 听流沙河讲诗[J]. 星星（7）：106-111.

张耿光，2008. 庄子全译[M]. 贵阳：贵州人民出版社.

张怀瑾，1984. 文赋译注[M]. 北京：北京出版社.

张中载，2004. 误读[J]. 外国文学（1）：51-56.

赵毅衡，1979. 意象派与中国古典诗歌[J]. 外国文学研究（4）：3-10.

赵毅衡，1981. 诗歌语言研究中的几个基本概念[J]. 诗探索

(4)：144-154.

郑愁予，1984. 郑愁予诗选 [M]. 北京：中国友谊出版公司.

中共中央文献研究室，1999. 毛泽东文集：第7卷 [M]. 北京：人民出版社.

中国青年出版社，1956. 全国青年文学创作者会议报告、发言集 [C]. 北京：中国青年出版社.

中国社会科学院文学研究所，2010. 古典文艺理论译丛 [M]. 北京：人民文学出版社.

钟文，1985. 评流沙河的诗作 [J]. 成都大学学报（社会科学版）(4)：46-51.

朱先树，1989. 诗歌美学辞典 [M]. 成都：四川辞书出版社.

朱自清，2009. 朱自清精品集 [M]. 石家庄：大众文艺出版社.

后 记

　　流沙河是四川的一张文化名片，但是长期以来，对流沙河的研究呈现出重诗歌轻理论的现象，少有的对其理论的研究又往往浅尝辄止，不够深入和全面。本书在认真研读流沙河诗歌理论作品的基础上，就流沙河的诗学原理、诗歌创作论、诗歌欣赏与批评展开了一些研究，试图探索流沙河的诗歌理论全貌，发现它的独特贡献及不足之处，表达自己的些许拙见。同时，本书将流沙河的诗歌作品与诗论放在一起进行比较，尝试探寻他理论研究与作品创作间的差异。本书既肯定了流沙河在诗歌创作论和诗歌鉴赏方面的成就，也根据个人积累及当时诗坛的反馈意见对他的一些观点提出了不同看法，对其局限性进行了探讨。

　　本书的写作与修改得到了笔者攻读硕博期间的老师们的指导，特表示感谢。此外，由于笔者所在单位成都大学发展规划处（高等教育研究所）对学校文学学科发展的关心与支持，本书得以顺利出版，在此也一并表示感谢。

　　流沙河的诗歌理论是对传统文论既有继承又有拓展的重要存在，希望有更多的学者来进一步发掘其价值和意义。基于种种原因，一些历史资料尚未能搜集齐全，笔者深感遗憾。同时，笔者限于学术水平和人生经历，对流沙河诗歌理论的研究难免存在粗浅和把握不准的地方。另外，由于学识局限和文论本身的片断化特点，笔者对流沙河文论的概括和论述的系统性也需要进一步加强，望专家学者给予批评指正，笔者也将在今后的研究中不断改进。

卢笑歌
2024 年 6 月 21 日